Histoires 2 chats

Amandine Crèvecoeur

Remerciements

Je remercie tout d'abord les quatre refuges de m'avoir accordé leur temps si précieux, afin de partager avec moi leurs histoires. Cela m'a permis de vous transmettre, de manière romancée, leur quotidien.

Je remercie chaque personne qui a contribué à la campagne Ulule et qui, de ce fait, a fait un don à ces refuges dans le besoin.

Je remercie ma correctrice et bêta-lectrice "Ligne à Ligne" d'avoir pris le temps nécessaire pour m'aider dans ce projet !

Je remercie, enfin, les passionnés de chats et mes futurs lecteurs.

© 2023, Amandine Crèvecoeur

Édition : BoD – Books on Demand, info@bod.fr
Impression : BoD – Books on Demand, In de Tarpen 42, Norderstedt (Allemagne)

Impression à la demande
ISBN : 978-2-3221-5233-9

Dépôt légal : Mars 2023

Maman et ses petits - Histoire 1

— Vous êtes tous là ? C'est bon ? demanda une chatte rachitique à ses petits.

— Oui Maman ! répondit le petit gris et blanc caché tout au fond du nid.

— Tous de tous ! répondit joyeusement la petite noire qui surveillait la fratrie.

— Au rapport, m'am, s'écria le petit costaud de la bande.

— Tu aurais voulu qu'on soit où d'abord ? se questionna la petite dernière.

…

— OK mes quatre loustics, tendez bien vos oreilles, aujourd'hui, on va tous sortir !

— Ouiiiiiiii, répondirent les quatre chatons en cœur.

La mère attendit quelques secondes que l'information soit passée et que les petits se calment avant de reprendre.

— Tout est effrayant dehors, alors il faudra m'écouter attentivement et ne pas me perdre des yeux un instant ! Compris ? ordonna Perle, la mère de cette portée.

— Bien reçu ! cria la fratrie.

— Maman… murmura Pêche, la plus petite de la bande, pour attirer l'attention de sa mère.

— Oui, mon trésor ?

— Pourquoi on doit sortir ?

— Pour trouver un endroit plus sécurisé, ma petite Pêche.

— D'accord… Je te fais confiance, je te suis.

À ce moment-là, Foudre, la plus téméraire, poussa une mouche morte jusqu'aux pattes de sa maman qui n'avait que la peau sur les os. Le pelage gris tigré de la matriarche, précédemment soyeux et doux, était collant et manquait à certains endroits. Le regard insistant de la petite chatte servit à faire comprendre à l'adulte qu'elle devait manger, malgré le peu de rations que ses petits recevaient. Si la maman ne mangeait pas, comment la portée se nourrirait-elle ?

Normalement, Perle interdisait les sorties à ses quatre chatons qui étaient encore trop fragiles. Mais, la situation avait dégénéré au point de n'avoir d'autre choix que de fuir.

La mère, chatte errante, était à peine sortie de l'enfance quand elle avait eu ses petits. Une fois que ses humains avaient remarqué sa grossesse, ils l'avaient flanquée à la porte, sans remords aucun. Malgré les pleurs, les cris de détresse et la patience de Perle, ils l'avaient laissée sans foyer ni protection. La porte était restée close pour cette pauvre minette.

La vie à la rue n'était pas rose. La nourriture était généralement absente, tout comme la sécurité. Les autres animaux errants et les humains pourchassaient ou attaquaient la petite famille sans défense.

Perle se débrouillait tant bien que mal pour subvenir aux besoins de chacun. Cependant, les enfants humains ne la voyaient pas comme un être vivant, mais plutôt comme un jouet. Elle craignait pour sa vie et celle de sa progéniture. Coups de bâtons, lancers de pierres étaient son lot quotidien.
Les attaques devenaient trop récurrentes et sa cachette serait bientôt découverte. Les détours qu'elle faisait pour rentrer lui permettaient de garder ce lieu secret. Malheureusement, cela réduisait aussi ses forces, déjà si diminuées.

— On se réveille, il est temps de partir ! prévint Perle.

Quatre paires d'yeux émergèrent de l'obscurité, ensuite, des coussinets et de petites griffes sortirent à leur tour. Une léchouille à chacun de ses petits et la bande se mit en route. Perle avait l'espoir de ne tomber sur aucun danger et de faire bon voyage. Les autres chats venaient d'être nourris par les deux humains habituels et les enfants avaient été rappelés chez eux. Ce déplacement était donc réalisé au moment opportun pour passer inaperçus et déguerpir de cet endroit insalubre et dangereux.
Heureusement, ce monde inconnu, pour les chatons, leur fit respecter les règles imposées par leur mère.
Longeant le plus possible le bord des maisons et des jardins, ils marchèrent en file indienne.
Collés les uns aux autres, aucun ne se permit de sortir une patte du rang formé par la famille. Pêche, la dernière et plus petite de la portée, était la plus méfiante. Litchi, le gris et blanc, tant qu'il restait avec sa famille, gardait son calme et sa contenance habituelle. Tempête, le plus costaud, menait la

marche sous les ordres de sa mère et Foudre, la petite noire, suivait la cadence sans se faire remarquer. Les odeurs affluaient aux narines des chatons, certaines attirantes, d'autres plus angoissantes. Les bruits environnants, méconnus de la troupe, rendaient la situation encore plus oppressante. Litchi avait d'ailleurs très peur de cet endroit inexploré et tremblait de tout son corps.

Notre groupe de cinq avançait à bon rythme, sous la protection de l'obscurité entrecoupée par la lumière jaunâtre des lampadaires.

— Litchi, Pêche, avancez, je vous prie. Il ne faut pas traîner ! ordonna Perle.
— Venez voir ça ! C'est trop beau ! cria Foudre en pointant le bout de ses moustaches de l'autre côté d'un grillage.
Faisant presser le pas aux deux peureux qui fermaient la marche, Perle rejoignit la petite troupe, tout en

s'assurant qu'ils étaient toujours au complet. Ils s'étaient agglutinés pour découvrir une chose merveilleuse : un repas en perspective.

Une mission pour récupérer toutes les victuailles se créa. La mère alla mettre les chatons à l'abri, le temps d'aller chercher ce buffet gratuit qui trônait derrière cette clôture.

Une fois que chacun des chatons fut placé sous des buissons, la mère pista l'odeur alléchante. Oreilles prêtes à intercepter tous les bruits, queue rabattue afin de rester discrète, moustaches en avant pour déterminer le moindre obstacle, elle rampa, telle une tigresse chassant sa proie. Au ras du sol, elle avançait centimètre après centimètre, prenant le temps nécessaire afin de ne pas se faire repérer. Une étendue d'herbe suivie de graviers précédait un muret de bois. Une lumière tamisée montrait le chemin vers la source de ce fumet délicat et appétissant. Un dernier regard vers ses petits et hop, un bond léger suffit à l'amener en équilibre sur ce muret. En haut de son point de contrôle, elle put admirer les deux humains endormis, allongés près d'une piscine reflétant le croissant de lune, déjà bien haut dans le ciel. Derrière ces deux bipèdes, une table garnie était posée sur une terrasse carrelée. Le sol froid qu'offrait ce matériau fit frissonner Perle qui s'aventura, à pas feutrés, vers les mets alléchants. L'envie d'enfin, pour une fois, s'endormir le ventre plein mit de côté ses craintes. L'adrénaline à son maximum, elle bondit sur la table pour découvrir la nourriture laissée par les deux énergumènes endormis derrière elle. Elle devait se dépêcher de manger une partie et ramener des restes à ses petits qu'elle ne pouvait plus nourrir avec le lait maternel.

Tous ses sens aux aguets, elle débuta par la cuisse de poulet restée quasi intacte sur la première assiette en face d'elle. Les ronronnements voulurent sortir, tant la nourriture sur son palais la faisait frissonner de plaisir. Les babines retroussées, elle renifla et sélectionna les meilleurs restes pour sa petite famille. Elle trouva dans l'assiette suivante d'autres morceaux de cette volaille juteuse et savoureuse. Malheureusement, sa patte arrière frôla l'un des verres restés sur cette table et tomba bruyamment sur le sol. Ce son, inconnu pour elle, rajouta un stress conséquent à cette situation déjà extrêmement angoissante. Le sursaut qu'elle fit n'arrangea pas les choses. Le second verre tomba au sol, les couverts prirent le même chemin et les assiettes furent brisées en mille morceaux.

Tout ce vacarme réveilla l'homme qui se leva d'un bond et courut vers la chatte tétanisée. Elle n'eut pas le temps de toucher le sol qu'un coup de pied la cueillit en plein poitrail. Une douleur lancinante incendia les côtes de Perle et, dans un dernier effort, elle courut pour sauver sa vie. Malgré la mauvaise rencontre et le choc, elle avait gardé un morceau de viande dans sa gueule. Cela en valait la peine, les chatons auraient de quoi se sustenter.

Une fois retournée auprès de ses petits après un large détour afin de ne pas divulguer sa cachette à cet humain violent, elle s'effondra, épuisée et douloureuse. Ses côtes la faisaient souffrir et elle perdait du sang par sa gueule. Les petits, inquiets face à cette scène, pleuraient d'angoisse. Ils étaient incapables d'aider leur mère souffrante. Le dernier ordre donné par cette dernière fut de manger pour reprendre des forces. Ne voyant pas d'autres options, ils s'exécutèrent. Pêche fut la dernière à se pencher sur les restes. Comme toujours, elle n'arrivait pas à faire front face à ses frères et à sa sœur, plus forts et plus grands qu'elle. Elle se contenta donc des miettes laissées par la fratrie. Perle reprit connaissance plusieurs heures plus tard, soucieuse du bien-être de chacun de ses chatons, elle ne se rendormit qu'après leur avoir, à tous, fait une léchouille.

Pêche ne put dormir que très peu. Toute la situation était stressante. Elle essayait de remuer le moins possible pour ne pas réveiller ses frères et sa soeur blottis les uns contre les autres, afin de garder un maximum de chaleur. Elle fixa l'interstice par lequel ils étaient rentrés dans cet abri de fortune. Entre les branches et les troncs, une main débarqua et tâtonna l'espace dans l'espoir de les attraper à l'aveugle. Pêche sauta immédiatement pour attaquer cette personne qui voulait s'en prendre à eux. Elle était la seule réveillée, elle cracha et griffa la main. Cela alerta Perle qui se mit directement devant la portée, afin de les protéger, sans penser à sa douleur. Mais son corps ne créait qu'une maigre protection, les griffes sorties, elle ne laissa que difficilement l'humain l'attraper.

— Regarde Pa', tu avais raison ! Le chat est là !

— Recule, tu vas attraper la rage si tu te fais mordre par cette bestiole. Surveille qu'il ne sorte pas, j'vais chercher de quoi l'attraper sans qu'on se fasse griffer.

Le père retourna vers la maison tandis que le garçon se pencha à nouveau pour mieux observer l'animal. Il ne voyait que la mère, dos courbé, oreilles en arrière et poils tout hirsutes, afin d'être la plus menaçante possible.

— Max, laisse-le ! Pauvre bête.

— Fous-moi la paix, dégage !

—Tu me parles pas comme ça, pauvre tache ! Je t'ai dit de laisser ce chat tranquille !

La petite fille apparut derrière Max avec un bâton, elle l'inséra dans le buisson et secoua dans tous les sens. Perle n'avait plus d'autre choix que de s'échapper pour éloigner ces deux enfants de sa famille.

— MAMAAAAN ! hurlèrent les quatre chatons à pleins poumons.

— Qu'est-ce qu'on va faire ?
— Je sais pas Pêche, mais tais-toi !
— Ne lui parle pas comme ça, Foudre !
— C'est bon Litchi, monte pas sur tes griffes. Je veux juste pas qu'on attire l'attention sur nous, alors que Maman vient de nous sauver.
— Lui crache pas dessus alors, car tu fais autant de bruit que ce qu'elle a fait !
— STOP !! Maman est partie pour nous protéger, alors vous allez tous la boucler ! ordonna Foudre.
— OK… répondirent les trois chatons en cœur.
Ils reprirent leur conversation, dans un murmure cette fois-ci.
— Et si elle ne revient pas ? s'inquiéta Pêche.
— Elle reviendra, comme elle le fait toujours, la rassura Foudre.

— Le mot d'ordre pour l'instant : rester à l'abri jusqu'à son retour !

Les chatons restèrent blottis les uns contre les autres pendant plusieurs heures, prostrés sous ce buisson. La pluie s'immisça petit à petit jusqu'à les tremper jusqu'aux os.

Litchi tremblait de peur et de froid, il n'avait pas su s'endormir, contrairement aux autres. Il montait donc la garde. Chaque bruit, chaque mouvement l'inquiétait et représentait une menace à ses yeux.

Foudre sentit ses moustaches tressauter et ouvrit l'œil. Pêche s'était encore plus rapprochée d'elle et ses poils chatouillaient ses vibrisses et son museau. La fratrie était au plus mal.

Et si Perle ne revenait jamais...

Et si les humains ou les petits humains les retrouvaient avant elle ?

Et s'ils étaient séparés à tout jamais ?

Et si elle s'était fait attraper et avait besoin de leur aide ?

L'angoisse était omniprésente.

— Ça fait longtemps maintenant non ? murmura Foudre.

— Elle reviendra, ne t'en fais pas. Elle revient toujours ! répondit Litchi.

— Pêche, réveille-toi, on va chercher Maman, la secoua sa sœur, Foudre, de sa pattoune.

D'un œil distrait et embué de fatigue, elle observa cette dernière, afin de déterminer le niveau de sérieux de son ordre. Un regard vers ses deux frères lui fit comprendre qu'il allait falloir se bouger la truffe et prendre les choses en main. Mais pas sans un plan.

Les chatons discutèrent de longues minutes quant à la démarche à suivre et aux groupes à former. Les deux sœurs devaient partir à la recherche de leur mère, tandis que les deux frères resteraient sous le buisson, au cas où elle reviendrait. Les duos formés, le plan confectionné, tout devrait bien se dérouler.

Les deux femelles s'étirèrent et s'apprêtèrent à s'aventurer au-delà de leur abri. Pêche profiterait de sa petite taille et de son odorat surdéveloppé, tandis que Foudre userait de sa témérité et braverait le danger comme personne. Au contraire, Litchi était très timide et angoissé ; sortir sa frimousse sans la protection d'un adulte ne lui ressemblerait pas, et Tempête devait rester le protéger en cas de danger.

Ils se séparèrent donc, dans l'espoir de se réunir, à nouveau, tous les cinq prochainement.

Pêche et Foudre firent les rondes prévues, s'éloignant de plus en plus du buisson protecteur.
— Ne me lâche pas d'une moustache Pêche, d'accord ?
— Mh Mh...
Les griffes en partie sorties, prêtes à détruire le premier obstacle qui se mettrait sur leur chemin, elles avancèrent côte à côte. Chaque mouvement, chaque bruit les interpellaient. Elles s'approchèrent de la maison qui se trouvait derrière le muret. Rien à proximité ne représentait un danger.

Les deux chatonnes échangèrent un regard afin de déterminer la stratégie à suivre. Tous les sens aux aguets, elles étaient collées au sol, dans l'herbe humide et froide.

— Tu restes là, je vais grimper le muret et parcourir les alentours. À mon signal, tu me rejoins ou tu fais demi-tour, compris ?
— Un cri ou un feulement : je cours, une queue en l'air et un miaou et je fonce avec toi chercher Maman ! Compris ! s'enthousiasma Pêche tant qu'elle le pouvait.

Sa peur broyait ses tripes, son palpitant n'avait jamais été aussi rapide et tous ses membres n'étaient que tremblements.

Une plainte légère arriva aux oreilles de Foudre lorsqu'elle atteignit le point le plus haut du muret. Elle se détourna de son but initial pour découvrir le matou en détresse.

— Maman ? osa-t-elle murmurer.

À pattes feutrées, elle descendit et se plaqua encore plus au sol. Elle avança en rampant. Gauche, droite, rien en vue. Elle s'approcha encore, toujours son ventre collé à l'herbe glacée. Les pattes arrière arquées, prêtes à bondir. Son ouïe était mise à rude épreuve entre le bruit du vent, des animaux environnants et des voitures. Trouver le lieu exact de cet appel présentait un défi de taille pour ce petit chaton.

— Maman ? rappela Foudre dans l'espoir d'entendre à nouveau le cri de détresse.

Pêche, quant à elle, fixait sa sœur à travers deux lattes de bois. Le cœur battant de plus en plus vite, elle l'aperçut à travers la clôture, en train de s'éloigner de la trajectoire initiale.

Un deuxième cri retentit, plus fort et plus attristant que le premier, mais toujours inaccessible.

La vision de Foudre se focalisa sur l'endroit d'où provenait ce son alarmant. Elle s'avança, toujours furtivement, mais en augmentant de plus en plus son rythme. La respiration courte et les poumons compressés par ce stress grandissant, son espoir explosa en éclats. Tel un feu d'artifice, un cri de joie retentit, des papillons jaillirent de son ventre et des larmes perlèrent à ses yeux. Elle courut et cria de toutes ses forces. Oubliant tout danger, elle sauta sur sa mère blessée, tapie sous un rosier.

Du sang séché était collé sur ses babines et son menton, elle sentait l'urine et la peur. Une longue traînée de sang et de boue derrière elle montrait qu'elle avait rampé jusqu'ici, tant bien que mal, pour rejoindre ses petits. Sans succès. Le souffle court, elle remercia sa petite et ferma les yeux. Ils allaient enfin de nouveau être réunis.

— Il faut qu'on bouge, murmura la petite, tout en poussant sa mère pour qu'elle se relève. Suis-moi, ordonna cette dernière à la matriarche qui restait malgré tout toujours couchée.

La vision de Foudre qui s'était focalisée tout du long sur sa mère s'étendit désormais aux alentours. Le jardin était spacieux et sans aucune cachette possible. Le rosier se trouvait contre la palissade, où sa mère s'était collée, et ne représentait qu'un maigre coin d'ombre dans des graviers peu confortables. Les arbres du fond du jardin avaient démuni le sol d'herbe. La piscine et la terrasse de l'autre côté étaient trop proches de la maison et de la baie vitrée. Les humains pouvaient les surprendre en traversant. De plus, le muret ne serait pas franchissable par sa mère, trop blessée pour sauter.
La situation était critique. Il fallait se dépêcher ! Elle s'approcha à nouveau de sa mère et tenta de la

relever avec peine. L'oreille de Foudre se tendit, se tourna au son de pas furtifs, mais qui se rapprochaient d'elles…

— Maamaan ! Mamaan !
La bande était à nouveau réunie. C'était les trois chatons qui les rejoignirent, les larmes aux yeux. Le bonheur emplissait leurs petits corps frêles.
— Il faut qu'on s'éloigne d'ici ! On est trop exposés. Mais… Il faut porter Maman.
— Vite, viens la pousser par ici, Pêche.
— J'arrive.

Foudre et Pêche à l'avant, Litchi et Tempête à l'arrière, ils poussèrent leur mère pour qu'elle se relève et tienne sur ses pattes. Litchi, le plus grand, et Tempête, le plus costaud, soutenaient la matriarche, afin de lui permettre un appui considérable. Ils devaient trouver une nouvelle cachette.

— Où on va aller ? Si les mini-humains reviennent, on est cuits ! s'inquiéta Litchi.

— Quelqu'un a un plan ? Foudre, c'est toi qui nous as fait bouger, tu as un truc à proposer ? demanda Tempête, à bout de souffle sous le poids de sa mère.

— Je réfléchis… répondit cette dernière, désespérée.

Tous fixèrent la matriarche mal en point pour voir si elle n'avait pas une solution, après tout, c'est elle qui les sauvait et les mettait toujours à l'abri. Le soleil était désormais à son zénith et éclairait tout le jardin ainsi que la maisonnée. Rien ne ressemblait à un refuge. De l'autre côté de la clôture, des hommes et femmes passaient ainsi que des voitures, vélos et trottinettes. Rien ne leur permettrait de se cacher.

— Éloignons-nous déjà de cet enfer, suggéra Pêche.
— Bonne idée, passe devant et guide-nous.

— Pourquoi moi ? Tempête, tu es plus courageux et intrépide, tu devrais passer devant.

— Non, je soutiens Maman et tu ne saurais pas me remplacer. Tu as proposé l'idée et tu es la seule à ne pas pouvoir la maintenir debout. Avance ! Le temps presse.

Étant la plus petite de la bande, elle ne pouvait, en effet, pas soutenir sa mère et aider comme les autres. Elle surmonta sa peur et passa devant. Son flair actif, ses oreilles aux aguets, et ses moustaches déployées s'ajoutaient à sa vision surdéveloppée pour trouver un nouveau havre de paix ou un endroit clément pour attendre la nuit. La vie de toute sa famille dépendait d'elle, elle devait redoubler de vigilance et ne pas se laisser submerger par ses émotions.

— Avançons jusque là-bas, sous le grand arbre. On peut déposer Maman dans les fleurs. Tempête, tu resteras à ses côtés et Foudre, tu grimperas pour nous dénicher l'endroit parfait ou, au minimum, potable pour cette nuit. Litchi, tu viens avec moi, j'ai repéré une odeur musquée qui pourrait devenir notre souper. J'aurai besoin de tes griffes et de ta force, frangin ! Nous allons devoir dépasser nos peurs.

— Compris ! Allons-y, répondirent en cœur les trois chatons à leur sœur.
— Mais… On pourrait envoyer Tempête avec toi, non ? proposa timidement Litchi tout en avançant péniblement.
— Non, il doit protéger Maman en cas de danger, tu me seras plus utile. On doit le faire, pour Maman !
— OK… Je vais le faire, pour Maman !

La bande se sépara une fois Perle mise en sécurité dans les hortensias roses. Elle était invisible sous cette protection de fleurs et elle put s'endormir assez rapidement. Ses petits avaient la situation dans les pattes. Elle devait se reposer et reprendre des forces pour ne plus être un poids et donc une menace pour sa famille.

Foudre eut quelques difficultés à grimper sur le hêtre imposant. Ses griffes, trop petites pour le moment, ne s'enfonçaient pas assez dans l'écorce rugueuse. Avec effort et acharnement, sans se décourager, elle continua de grimper tout en s'écorchant les coussinets. Après plusieurs minutes, elle put s'agripper à la première branche. L'ascension devint plus facile par la suite. Elle s'avança au plus près de l'extrémité des branches, afin de distinguer au mieux les alentours.
Une grande rue, à l'air menaçant, des voitures et des camions qui passaient à une vitesse folle, des maisons alignées longeant le trottoir sans laisser d'espace pour s'insérer et découvrir les jardins qui se trouvaient à l'arrière… À gauche de son point d'observation, la demeure des humains qui avaient

attaqué Perle, à droite d'autres habitations, mais cette fois bordées d'arbres et de clôtures. Des aboiements se faisaient entendre. Il fallait les localiser plus précisément, déterminer où se trouvaient les molosses, afin de ne pas se retrouver confrontés à eux.

Les aboiements provenaient principalement d'en face. La route rendait la traversée impossible. C'était donc par la droite qu'ils devaient partir. Grimper le muret où ils étaient, parcourir le jardin suivant qui n'offrait aucun lieu de sûreté et, enfin, contourner la maison pour atteindre l'autre côté de la rue et le terrain d'herbes d'en face.
 Tant qu'elle était en hauteur, elle scanna les alentours et scruta le terrain qu'ils venaient de traverser ainsi que le bâtiment des humains. L'absence de danger la rassura et lui permit de souffler quelques secondes avant de redescendre près de son frère.

— Ça va Foudre ? Tu joues l'équilibriste ? lui demanda-t-il, museau levé vers le ciel.
— Oui ! J'arrive. J'ai trouvé un endroit, je pense.
— Sois prudente en redescendant, sœurette. On ne pourra pas te porter en plus de Maman !

Tempête regardait du coin de l'œil les acrobaties de son aînée, haute perchée sur son arbre. Tête la première, elle descendit avec agilité. Elle avait réussi à comprendre l'astuce pour dompter ce terrain scabreux.

Pendant ce temps, Litchi, prostré sur ses pattes arrière, scrutait l'horizon. À l'affût du moindre mouvement, il donnait chaque information à sa sœur, restée dans les fourrés, en retrait.
La queue entre les jambes, il se repositionna sur ses quatre pattes et retourna auprès de Pêche.
— J'ai flairé et vu du mouvement par là-bas, montra-t-il à Pêche avec sa patte.

C'était à l'ombre, dans des mini-buissons, au bord de la maison faite de pierres. La peur n'avait plus lieu d'être, tant la situation était catastrophique.

Sans plus attendre, elle bondit pour trouver leur repas. Heureusement que l'adrénaline et la faim lui permettaient de tenir le coup et braver ce terrain inconnu.

Le regard perçant, elle détecta sa proie. Les fesses en l'air, les remuant légèrement, elle attendit le meilleur moment pour sauter. Une musaraigne bien dodue se lavait, sans aucune crainte, auprès d'une flaque, contenue dans une sorte de gamelle, située sous un gros pot de fleurs.
Il ne fallut qu'une seconde pour terrasser la bestiole. La queue haute et fière, elle sortit avec le repas dans sa gueule et croisa Litchi qui avait également attrapé une proie.

Les yeux arrondis par la surprise, elle fixa son frère avec fierté. Une souris grise, de taille moyenne, pendait entre ses crocs ensanglantés. Le bonheur aux babines, le regard pétillant, ils se dirigèrent vers leur abri de fortune pour se délecter de ce maigre repas.

Perle ouvrit péniblement les yeux pour manger et reprendre des forces. Le maigre apport calorique n'allait pas suffire, mais c'était mieux que rien. Les petits se contenteraient des restes laissés par leur mère. La fatigue reprit cette dernière et les chatons ne purent la pousser à marcher. Il fallait la laisser se reposer un moment.

Pour économiser un maximum de temps et d'énergie, les petits discutaient déjà de la suite.
— Foudre, on ne peut pas passer le tarmac avec les véhicules qui passent sans cesse. C'est trop dangereux, chuchota Pêche.

Les oreilles rabaissées, elle se ratatina au fur et à mesure que Pêche l'invectivait. Le chagrin emplit son petit cœur et le désespoir oppressa la troupe.

La lune montrait le bout de son nez à l'horizon. Ils devaient se résigner à dormir sous ces plantes cette nuit. Ils auraient pu se séparer afin de mieux se cacher, mais rien que l'idée de perdre de vue l'un ou l'autre les tétanisait.

C'est ensemble qu'ils réussiront à survivre, c'est ensemble qu'ils seront les plus forts !

La nuit se passa sans encombre. Ce qu'ils ne savaient pas c'est que la mère des deux enfants avait, voyant les dégâts que ces chats avaient occasionnés, appelé les services du bien-être animal. Elle souhaitait se débarrasser au plus vite de ces parasites poilus. Le refuge qui avait répondu à l'appel comprit rapidement l'urgence de la situation et l'animosité que portaient ces humains envers ces intrus à fourrure. Une menace avait été prononcée et personne ne la prenait à la légère. Les bénévoles avaient 24 heures pour venir trapper la petite troupe de matous avant qu'ils se fassent tuer par le père de la maisonnée.

La chatte et ses chatons devaient quitter ce lieu dangereux et recevoir quelques soins avant de trouver un foyer aimant. Cela ne serait possible qu'avec l'aide du refuge !

Heureusement, ils avaient répondu positivement à l'appel et s'occuperaient de cette affaire sérieusement.

— Litchi, tu sens ce que je sens ? s'émoustilla Pêche.

— Tu es un estomac sur pattes, répondit ce dernier tout en ouvrant un œil et en étirant ses pattes avant.

— Chuuuut vous deux, vous ne voyez pas que Maman dort toujours ? s'énerva Foudre.

— Pêche n'a pas tort après tout. Il faut penser à notre prochain repas et l'odeur de nourriture est bien présente, intervint Tempête, sans prendre la peine d'ouvrir les yeux.

— Si on ramène encore un repas à Maman, elle pourra peut-être se lever et trouver un nouvel abri ! réfléchit tout haut Litchi.

— Je suis d'accord, ce n'est pas idiot. On s'organise comment ? demanda Pêche.

— Je me dévoue pour ramener ce qui produit cette odeur alléchante, j'aurai besoin de l'une de vous deux. Toi Litchi, tu surveilles Maman et guettes le moindre danger à proximité. Tu nous préviendras si les humains débarquent dans notre dos.

— Pêche, reste avec Litchi, tu empestes la peur et cela ne va pas nous aider à chasser, ordonna Foudre. En plus, vous nous avez déjà récupéré le repas d'hier, c'est à notre tour. Je pars avec Tempête, on se revoit dans quelques minutes.

Les coussinets transpirants, le cœur en pleine panique et la respiration courte, les chatons se voyaient à nouveau obligés de se séparer, afin de mener à bien leur mission.
Le chaton tigré blanc s'étira et gonfla ses muscles. L'échauffement est primordial avant une course-poursuite, surtout de si bon matin. Foudre, qui le suivait de près, ne prit pas cette peine et le regarda d'un air moqueur.

— Tu comptes faire la course de ta vie ?
— Et toi, tu comptes toujours sur nous pour te sauver les miches ? répondit ce dernier sur la défensive.

Foudre ne prit pas la peine de répondre et montra du museau l'objectif qu'ils s'étaient fixé.

Les gargouillis de leurs ventres respectifs s'intensifièrent à mesure que l'odeur se répandait dans l'air. Une fois la source de cette promesse d'un bon repas trouvée, Foudre se tapit dans l'ombre d'un buisson, tandis que Tempête bondit sur la proie, inerte.

C'était en réalité des morceaux de poulet en sauce d'une marque de supermarché que des bénévoles avaient placés à plusieurs endroits dans le jardin. Ils attendaient, filets et caisses à proximité, afin d'attraper ces malheureux.

Foudre n'eut pas le temps de prévenir son frère qu'une caisse l'emprisonna. Les cris de ces deux derniers alertèrent le duo resté en sécurité. Foudre courut le plus vite possible vers l'hortensia, afin d'avertir sa famille qu'il fallait sauver Tempête, sans se rendre compte que les humains suivaient sa trajectoire.

Sa maladresse permit aux humains de trouver et encercler rapidement la portée.
Pêche pleurait et Litchi tremblait plus qu'un mixeur à pleine puissance. Les cris avaient réveillé la mère, qui, toujours dans un sale état, ne pouvait se lever pour défendre ses petits.
Malgré quelques coups de griffes et morsures, le sauvetage ne dura pas plus de 30 minutes, grâce à l'efficacité des bénévoles et aussi à cause de l'incapacité à se défendre de Perle et sa progéniture.

L'état alarmant de Perle inquiéta les sauveteurs. Ils devaient agir au plus vite et l'amener chez un vétérinaire en urgence. Son torse était gonflé, sa respiration lente et du sang continuait de couler lorsqu'elle crachait de désespoir.

Ses petits blottis contre elle tremblaient de peur et ne cessaient de pleurer. Ils ignoraient que ces humains-là étaient gentils. Ils ne connaissaient aucune tendresse venant de la part de ces bipèdes géants.

Le premier arrêt fut directement à une clinique vétérinaire, afin d'établir le diagnostic vital de Perle et par la même occasion, de soigner la petite bande.

La situation inconnue et la découverte du lieu empli d'odeurs fortes et immondes permirent aux soigneurs d'examiner la famille sans trop se faire avoir par les griffes et les coups de dents. La troupe féline, épuisée, se laissa manipuler.

Leurs expressions corporelles ne montraient que peur et tension.

L'agressivité n'était pas au rendez-vous, car les questionnements étaient trop nombreux. La fratrie voyait leur mère emportée au-delà des murs et une fois partie de leur vision... leur monde s'écroula.

Cris, pleurs, feulements, cœurs qui palpitent et bave incontrôlable, les griffes sorties, le dos rond et les yeux exorbités, les quatre chatons se collèrent les uns aux autres en espérant pouvoir faire front face à leur kidnappeur. L'assistante du vétérinaire revint avec plusieurs produits dans les mains et des seringues. Elle souhaitait vermifuger et débarrasser de leurs puces ces pauvres loulous. Ils étaient trop petits pour l'instant pour les autres traitements.

Leurs faiblesses, visible à l'œil nu, inquiétaient les soignants. Le vaccin devrait être reporté tant que ces petits n'atteindraient pas un poids idéal pour leur âge.
Une fois ce calvaire passé, les chatons se retrouvèrent à nouveau réunis dans la cage avec cette fois-ci une grande couverture et... de la

nourriture ! Les quatre sautèrent sur l'occasion pour se sustenter de ce mets délicat qu'était la pâtée au poulet, versée par les bénévoles. C'était la première fois que ces frères et sœurs se retrouvaient le ventre plein. Les événements de la journée furent le coup de massue qui acheva leur peu de force. L'épuisement les attrapa avec douceur pour les emmener dans un sommeil sans songe.

Les bruits de la route et les mouvements de la carcasse du véhicule réveillèrent Pêche qui, encore groggy par ce qu'il venait de se produire, mit quelques minutes pour réagir. Elle chercha ses frères et sa sœur, les trouva blottis l'un contre l'autre, enfouis dans l'immense couverture en duvet. Rassurée, elle voulut se pelotonner contre sa mère qui, elle, manquait à l'appel. Le souffle court, elle creusa l'abri de pilou et ne trouva personne. Elle griffa et essaya d'arracher les barreaux. Ce remue-ménage réveilla les autres qui, une fois la situation comprise, se mirent également à hurler. Les bénévoles ne pouvaient rien faire pour calmer cette famille brisée.

Malheureusement, les quatre poilus allaient devoir désormais se débrouiller sans leur mère qui était dans un état critique à la clinique.

Des humains venaient régulièrement leur rendre visite, les nourrir et changer le bac où ils déféquaient. Ces venues quotidiennes n'atténuaient pas leur crainte des mains humaines et des bruits environnants.

Il allait falloir du temps à cette petite troupe pour retrouver apaisement et sérénité, et encore plus pour accorder à nouveau leur confiance en l'Homme. Heureusement que les refuges et lieux de protection animale existent.

D'autres chatons n'auront jamais la chance d'être secourus et soignés de la sorte.

Petite Pêche devenue Tesla - Histoire 2

Pêche restait la plus petite, malgré sa gourmandise qui n'est pas le seul de ses défauts. Son petit corps blanc, avec son dos tigré et l'une de ses pattes tachetées, lui donnait un charme irrésistible. Malheureusement, au refuge, elle se cachait sans cesse derrière ses frères et sa sœur, sous des meubles, ce qui ne m'a pas empêché de lui donner une chance.

J'ai d'abord pris en charge la petite fratrie, en famille d'accueil. Je souhaitais aider le refuge suite au nombre conséquent d'abandons de l'été et de portées vagabondes.
Les refuges débordaient littéralement et se voyaient obligés de refuser de nouveaux petits matous. Alors, j'avais décidé de prendre soin d'un ou plusieurs chats pendant mes trois semaines de congés. Ensuite, j'ai

gardé la petite dernière qui ne savait pas s'imposer au sein de sa fratrie. Voici son histoire.

— J'en ai marre, j'ai peur et je suis seule ! Pourquoi on me change encore d'endroit, sérieusement ? se demanda Pêche, en se remémorant la succession d'événements depuis sa capture.

- Premièrement, on m'a retiré ma maman.
- Deuxièmement, on nous a emmenés dans un endroit puant et lumineux, où on nous a manipulés dans tous les sens. Nous avons tous été endormis et au réveil, une cicatrice barrait mon petit ventre ainsi que celui de ma sœur. Mes frères aussi avaient une cicatrice mais plus petite et ailleurs.
- Troisièmement, on nous a enfermé mes frères, ma sœur et moi dans une cage métallique et froide, en nous obligeant à faire nos besoins dans un bac rempli de copeaux de

bois. Seul avantage, nous avons eu accès à de la nourriture tous les jours et à la tranquillité !

- Quatrièmement, on nous a trimballés à nouveau pour le lieu puant et cette fois-ci, on nous a injecté quelque chose dans le corps, sans notre consentement.
- Cinquièmement, on nous a remis, non pas dans la cage dans laquelle nous commencions à nous habituer aux bruits et aux activités, mais chez deux humains, une fille, Amandine, et un garçon, François. Nous avons eu droit à une pièce rien que pour nous. OK, j'avais peur les premiers jours, mais... je dois avouer que c'était cool de pouvoir jouer, courir et m'amuser avec mes frères et ma sœur sans la contrainte des barreaux.
- Sixièmement, on nous a retirés ma petite sœur chérie pour qu'on ne la revoie plus jamais. L'humaine m'a avertie qu'elle était dans une chouette famille, mais je n'y croirais

pas tant que je n'aurais pas vu de mes yeux ce qu'elle est devenue ! Je me méfie de cette fille qui modifie mon quotidien trop souvent !

- Septièmement, Tempête est tombé malade. Il a vomi partout et fait caca dans toute la pièce. OK, c'était super désagréable mais de là à nous l'enlever... Oui, Amandine a osé nous arracher encore un de nos repères. Je me suis retrouvée seule avec Litchi qui n'est pas le plus téméraire de la fratrie. Il ne voulait même pas que je dorme collée à lui, malgré ses plaintes nocturnes.
- Huitièmement, enfin, Tempête était revenu en forme, mais puant ! Il nous faisait peur et était également très craintif. Je ne l'avais presque pas reconnu. Il nous a fallu une semaine à Litchi et à moi pour l'accepter de nouveau. Nous qui nous étions habitués à notre quotidien à deux. Tous ces changements, ça faisait trop !

- Neuvièmement, nous avons été embarqués à nouveau dans l'endroit qui pue... On commençait à s'y faire et c'était le même monsieur que la dernière fois. Bon, on s'est laissé faire, à part Tempête qui feulait et tapait partout autant qu'il le pouvait. Ce jour-là était extrêmement stressant. Amandine nous a dit, les larmes aux yeux, ne pas pouvoir nous garder plus longtemps et qu'il faudrait qu'on soit forts. On allait retourner d'où l'on venait, au refuge. Elle nous a dit qu'on serait bien traités. Heureusement, les gens là-bas avaient abandonné la cage...
Malheureusement, nous étions dans une pièce avec une dizaine d'autres chats.
- Dixièmement, enfin le dernier point, Litchi, Tempête et moi étions toujours tétanisés et nous nous cachions sous les meubles du refuge. Je mangeais peu, car je ne pouvais pas sortir de ma cachette. Tempête, lui, s'était fait

à l'idée et sortait. Litchi, par contre, se collait généralement à moi. C'est quelques jours plus tard qu'Amandine est revenue, le cœur palpitant à vive allure et m'a reprise. Encore un changement, encore une séparation. Elle voulait faire le bien, avait vu ma détresse et mes complications, je le conçois, mais bordel, qu'on me foute la paix une bonne fois pour toutes !

Les premiers jours furent difficiles. Heureusement, j'étais dans un endroit que je connaissais, mais isolée et sans mes frères. Je pleurais beaucoup la nuit et me cachais le jour. J'avais, malgré mes attitudes de fauve indomptable, des caresses et de l'attention autant que mes griffes le permettaient. La tendresse que la fille m'octroyait était pure... Cela n'empêchait pas mes craintes de proliférer, malheureusement. Vous savez tous qu'un chat n'aime pas les changements, alors là, en un mois voir ma vie bouleversée à plusieurs reprises, c'était vraiment trop… En plus… j'avais peur de ses mains, mais peur aussi qu'elle me reprenne et me laisse seule. Peur qu'une fois encore mon quotidien soit chamboulé et ne ressemble à rien de ce que j'avais connu.

J'entendais d'autres animaux dans cette maison, des chats et un chien aussi. Le toutou, lui, me fait peur. Il aboie, saute et court. Il est super grand, je l'ai vu à travers les barreaux de ma cage lorsque je suis arrivée chez eux ! Il pourrait me croquer toute crue, quelle horreur. Maman m'avait toujours dit de ne pas m'approcher d'eux. Cependant, les humains le laissaient entrer dans ma pièce, de temps à autre. Il se couchait quand il ne venait pas renifler toutes mes cachettes.
Je devais avouer que les humains ont tenu à respecter des distances de sécurité entre lui et moi. Ils l'empêchaient d'avancer plus que nécessaire. Le chien finissait par se lasser, se coucher et il fixait ma

cachette des heures entières quand on le lui permettait. Je m'endormais généralement, apaisée de voir qu'il ne me ferait rien, mais sur mes gardes, malgré tout, pour ne pas me faire surprendre.

La solitude me pesait, je devais sortir. J'aurais pu retrouver les chats de cette maison et me faire des copains. Malheureusement, j'avais un œil qui collait fortement et Amandine m'injectait des gouttes trois fois par jour et me lavait l'œil dès qu'elle arrivait à m'attraper. Elle m'avait dit ne pas pouvoir me lâcher dans la maison tant que je ne serais pas guérie. Elle avait certainement peur que je me cache sans qu'elle puisse jamais me reprendre et elle avait raison. Si j'avais su sortir, jamais je n'aurais accepté ces traitements.

Une fois libérée de cet isolement, il fallut plusieurs tentatives avant qu'on me laisse décider où j'allais dormir. Les deux chats qui vivaient ici ne m'ont pas acceptée directement. J'étais pourtant si gentille et heureuse de voir deux copains. Ils étaient géants comparés à moi et cela me rassurait, car cela prouvait une chose : il faisait bon vivre ici.

Cependant, j'étais sur leur territoire, je devais me démarquer et montrer que ça allait devenir chez moi aussi...

— Dégage d'ici, c'est mon humaine, feula Sparrow, le vieux chat de la maison.
— Laisse-le petite, il n'est pas d'humeur, m'interpella Mojito, le plus gros chat que j'aie pu voir de ma vie, il faisait bien 10 kilos !
— Tu es Tesla ? demanda Sparrow, le chat roux possessif de la maisonnée qui venait de m'agresser.
— Je suis Pêche !
— Pourquoi ils t'appellent Tesla alors ? me questionna-t-il.

— Ce n'est sûrement pas pour moi. Maman m'a appelée Pêche.

— Mh, tu n'as pas compris, hein petite ? ricanna Mojito.

— Quoi ? lui demandais-je.

J'étais inquiète de ce qu'ils allaient me dire. Pourquoi devrais-je changer de nom ? Pourquoi le roux n'était-il pas aimable ?

Je tentais de forcer les attentions et les rapprochements avec mon petit corps qui n'atteignait même pas leurs têtes, une fois assis... Je me frottais, m'allongeais, ronronnais, partageais toute la gentillesse que je pouvais posséder, afin de leur montrer mon bon vouloir. Ma détresse de me retrouver isolée à nouveau était immense. Ils devaient se faire à l'idée que je n'allais pas les lâcher de sitôt. Pas tant que mon plan d'évasion ne serait pas au point.

Ils ont fini par tolérer ma présence après plusieurs jours, Mojito plus vite que Sparrow. Ce dernier est apparemment trop attaché à la fille et la prend pour sa maman. Mojito m'a avoué que c'était un sujet sensible et qu'il valait mieux le laisser croire ça.

Mais revenons à cette révélation qui allait m'anéantir. Mojito s'étira pour mieux s'asseoir face à moi et m'expliquer.

— Ma petite, je veux bien partager nos gamelles et nos jouets. Cependant, tu as des règles à respecter. Tu es gentille avec nous, tu nous laisses dormir, tu nous laisses manger et je sais que cela se passera bien.

— Ouiiii ! Je suis acceptée !! hurlais-je de joie.

J'étais si heureuse, je ronronnais sans m'en rendre compte. Me frottant de bonheur pour le remercier, il feula et me repoussa. Je devais avoir mal compris quelque chose.

— OK, je t'accepte mais viens pas m'ennuyer, j'aime mon quotidien, viens pas tout chambouler !

— D'accord. Et lui, il m'accepte aussi ? demandais-je naïvement en montrant à Mojito, le vieux Sparrow toujours couché sur le plaid de l'humaine.

En parlant de Sparrow, ce dernier nous regarda et se retourna pour mieux se coucher en boule sur la couverture de sa maîtresse.
— Ça viendra, il est docile malgré sa vieillesse... répondit Mojito.
— D'accord... Par contre, au final, tu ne m'as pas dit pourquoi je dois changer de prénom...
— Tu es désormais dans cette maison pour la vie. Tu vas devoir te plier à leurs règles. Supporter le cabot d'en bas et attendre leur bon vouloir pour les croquettes. Pas de buffet à volonté et si tu as la moindre envie de grignoter, tu te retiens. Ils te mettent même au régime si tu es trop gras. Nous n'avons pas notre mot à dire dans cette histoire.
— Pfff, tu exagères Mo, tu oublies que tu as des bonbons, des caresses dès que tu pleures, on

s'occupe de nous comme des rois. Maman est super avec nous. François a même construit une roue pour tes grosses fesses ! l'interrompit Sparrow.

— Oui, bon d'accord, accusa Mojito.

Il poursuivit ses explications, mais en chuchotant cette fois.

— Tu vois, petite ? Il va toujours défendre Dine et tu n'as pas intérêt à lui faire front sur ça. Tu peux l'écraser pour obtenir ses meilleures places pour dormir, ses croquettes, sa litière, mais pas sa maman de substitution qu'est devenue l'humaine.

— D'accord. De toute façon, je ne les aime pas, ils m'ont séparée de ma sœur, puis de mes frères. Je ne comprends pas pourquoi. J'étais mieux avec eux, moi…

— Oh, ma pauvre, tu verras, tu es mieux ici ! continue d'intervenir Sparrow.

— Qu'est-ce que t'en sais le roux ? répondis-je en colère.

— J'ai vécu d'autres choses que cette maison… me confessa Sparrow.

Il avait le culot de me répondre cela alors qu'il ne savait pas d'où je venais.

— Moi aussi, mais Maman me protégeait et avec mes frères et ma sœur on avait une famille et de l'amour. Je n'avais besoin de rien d'autre.

— Ta peau sur les os ne nous révèle pas ça. Tu vas pas tenir longtemps si tu n'es pas nourrie tous les jours. Je pourrais te casser en deux d'un coup de patte, rectifia Mojito tout en imitant un chat ninja et en se préparant à un mouvement de kung-fu.

— Pfff… soupirais-je.

Je ne savais pas quoi répondre. Je devais accuser le coup et j'ai donc décidé que j'allais les laisser tranquilles et visiter les autres pièces. Ces deux vieux chats ne voulaient pas descendre à cause du chien. Mais, les fois où j'avais dû passer devant ou lui faire face, je n'avais eu aucun problème. Je pense qu'il est sympa, mais stupide. J'ai laissé une gamelle remplie de croquettes en bas. Le gros est au régime et le vieux roux à l'air d'en avoir rien à faire, mais moi… J'ai faim ! Et… Mojito n'avait pas tort, je dois reprendre du poids si je veux vraiment me sortir d'ici et retrouver mes frères et ma sœur.

Le périple n'était pas simple, la vieillesse des escaliers faisait craquer les marches, même en étant un poids plume. Apparemment, je n'ai pas la délicatesse d'un chat mais d'un hippopotame obèse… Je devrais d'ailleurs me venger sur ces stupides humains qui ont osé me comparer à un énorme animal. Je ne sais pas à quoi ça ressemble, mais ce n'est certainement pas à moi !

Enfin bref, le chien dormait profondément dans son panier, tête à l'envers et pattes en l'air. Ses babines tombantes laissaient apercevoir des canines gigantesques. Il pourrait me manger en un seul morceau s'il le désirait ! Le gros dos exécuté et le regard fixe, je passai tel un crabe pour rejoindre la gamelle alléchante de l'autre côté des pieds de chaises.

Les humains, parfois méchants, parfois acceptables, avaient réalisé un barrage avec plusieurs cartons et chaises afin de me laisser une protection supplémentaire s'ils étaient absents. Le chien ne pouvait pas sauter au-dessus des caisses trop encombrantes ni passer sous les chaises. Il était trop volumineux ce toutou. Tandis que moi, je passais agilement entre tous ces obstacles pour découvrir, par le biais d'une grande fenêtre, les fesses en hauteur sur une structure faite de bois et de tissu tout doux, l'extérieur et le passage des gens.
Tout ça était super intéressant et si j'arrivais à ne faire aucun bruit, je pourrais manger et observer les activités de l'extérieur à mon aise. J'avais privatisé cet endroit et j'étais très heureuse de pouvoir rejoindre

le rez-de-chaussée tout en ayant la possibilité de m'abriter si le clebs m'entendait.

Une fois le ventre bien rempli et mon pelage réchauffé au soleil, je me sentis seule et les angoisses m'envahirent de nouveau. Mes frères, ma sœur et surtout ma maman me manquaient… Les humains étaient partis alors que le soleil ne s'était même pas levé et maintenant, il finissait tranquillement sa course dans le ciel. Un cliquetis de clés me fit sursauter, aboyer le chien, bondir Mojito hors de sa couchette et pleurer Sparrow. Ce chat roux pleurait dès qu'Amandine était dans les parages. C'est qu'il avait du flair, car ce n'est qu'une fois la porte ouverte que j'ai pu renifler l'odeur de la fille.
Dans la panique, je descendis de mon piédestal pour retrouver la présence réconfortante du matou tigré. Mojito passait sa tête à travers les barreaux de la rambarde des escaliers, Sparrow hurlait sur les marches pour que la fille vienne lui dire bonjour et

moi… je fonçais tête baissée vers l'étage, le plus vite possible afin qu'elle ne me touche pas. Je ne comprenais pas leur délire de se laisser détruire le pelage de la sorte. Tant d'heures de nettoyage ruinées à néant à cause d'une main crasseuse.

En parlant de crasse…

Je retrouve des bacs avec un genre de sable fin dans plusieurs pièces. Celle où nous avons plein de jouets, de planches pour grimper aux murs, une roue pour courir…
Il y en a aussi une dans mon ancienne pièce qui se trouve à l'étage inférieur. Et enfin, dans la salle à manger !
Je pense qu'ils souhaitent que je fasse là-dedans…
Mes crottes puent donc je suis d'accord pour les recouvrir de ces grains à l'odeur délicate. Par contre, mes pipis… là, ils peuvent toujours rêver.

L'odeur des deux autres matous est présente partout, sauf dans la litière que je partageais avec mes frères. Je suis outrée, Mojito a eu la très mauvaise idée de faire également ses besoins dans cette dernière. Je n'avais donc plus de bac pour moi et je ne voulais pas partager. Je reste une lady et je ne souhaite pas me mélanger à ces deux rustres domestiques... Enfin, ne leur dis pas que j'ai dit ça, car ils se vexeraient et j'ai besoin d'eux. Je fis donc à l'endroit où je dormais, afin d'accentuer mon odeur : lit, cartons et sol ont été imbibés.

Les humains sont attendris lorsque je viens me frotter à Mojito ou Sparrow. La scène est d'autant plus touchante lorsque Mojito lèche ma petite tête et que j'active le mode ronron. Sparrow, quant à lui, me chasse la plupart du temps. Il est aigri avec la douleur qu'il a constamment aux hanches et à sa colonne. Il m'a dit avoir vécu de sales moments mais n'a pas encore pris l'occasion de me les expliquer. D'ailleurs, moi non plus je n'ai pas expliqué grand-chose de mes mésaventures et de tout ce que j'ai vécu avant d'atterrir ici. Finalement, on ne se parle que très peu.

Ce jour devait arriver et il arriva : mes pipis ont été découverts… Assez vite d'ailleurs ! La petite a un flair fonctionnel…

— Tu pues la mioche, tu fais quoi là ? Je dormais là-dessus, moi… râla Sparrow.
— Toi aussi tu pues le vieux chat, alors j'ai marqué le fait que je voulais aussi ce truc tout doux.
— Tu ne devrais pas faire où bon te chante. Il y en a qui ont été virés de chez eux pour moins que ça, s'énerva Sparrow.
— Tu as de la chance d'être tombée dans une maison aimante, renchérit Mojito.
— Qu'est-ce que tu en sais, toi le gros ? Tu es arrivé tout chaton, tu n'as connu ni la rue, ni la misère, ni le

danger… continua de s'énerver le vieux chat roux tout en cherchant un nouvel endroit où faire sa sieste.

— Si, j'ai failli m'étouffer avec une corde une fois ! Et les humains qui vivaient avec Maman voulaient nous mettre dehors. Maman devait nous cacher et nous suppliait de ne faire nos besoins que dans les endroits adéquats. Donc dans la litière, raconta Mojito tout en grimpant sur le lit, à côté de la couverture où j'avais fait pipi.

— Et alors ? Je peux faire pipi là-dessus, ça pue toutes les odeurs… me défendis-je tout en prenant un air malheureux et doux.

— Tu n'as qu'à dormir dessus, ça sentira la tienne aussi, débile ! cracha Sparrow.

Il était sûrement mécontent de mon geste et de ma domination sur lui. Du haut de mes 6 mois, j'arrivais à le faire reculer lorsqu'il mangeait ou lui faire céder sa place pour dormir ! J'étais fière et je devais continuer, afin qu'il soit mon esclave et à ma merci.

Je commençais à le comprendre et à réfléchir à ce qui pourrait être sympa de lui faire faire.

Malgré les réprimandes des deux autres matous de la maison, j'ai continué de faire pipi partout, tout le temps. La litière restait pour les cacas et le lit, les draps, les cartons, les couvertures pour le pipi.

Amandine hurlait à force de découvrir tous mes trésors et mes surprises parfumées. Elle descendit deux à trois fois les objets de mon délit pour ensuite les remonter le lendemain sentant la lavande. Il ne me fallait pas plus d'une journée pour ruiner tous ses efforts à nouveau. Elle devenait barjot et j'en étais assez fière... Enfin, je restais toujours cachée sous le lit dès qu'elle pointait le bout de son nez mais je riais bien de ses allers-retours. Mes journées étaient chargées entre pipis, siestes, découvertes et observations.

— Un jour, tu vas valser dehors et j'en serai bien content, m'annonça Sparrow

— Chuuuut ! Je me cache.

— Tu fais bien, elle est rouge de colère, ajouta Mojito qui se lavait sur l'une des planches mise sur le mur.

— Façon, ils ne savent plus m'attraper maintenant que je ne suis plus coincée dans une seule pièce.

— Tesla, tu devrais te calmer. Je comprends ta peine mais de là à nous faire vivre à tous un enfer… L'odeur est désagréable. Il n'y a pas assez de litières pour toi ? demanda Mojito.

— Ce n'est pas ça…

Ils ne me comprenaient pas, c'est vraiment dingue. Ils avaient sûrement eu droit à un lavage de cerveau pour être aussi dociles et accepter leur situation.

J'en avais marre de tous ces voyages, ces stupides humains, et ces changements. Ils étaient les fautifs de mes mésaventures et de ma solitude. Je leur montrais mon mécontentement.

Au bout d'une semaine de pipis sauvages, ils m'avaient emmenée à nouveau chez le monsieur aux piqûres. Bien entendu, avant ce séjour chez le médecin des chats, j'avais passé une demi-journée et une nuit en isolement pour je ne sais quelle raison. N'ayant que peu d'endroits où faire mes besoins, tous mes pipis ont été posés dans la litière.

Le monsieur habituel n'était pas là. C'était une dame cette fois, qui n'avait pas compris ma ténacité malgré ma petite taille. Je lui ai fait comprendre que je savais manier les coups de griffes, mais une fois cadenassée par leur prise de soumission à la nuque, je me suis faite toute petite.

Après auscultation, la dame a rassuré Amandine et a prescrit des gélules contre le stress.

Stressée ? Je ne suis pas stressée... Par contre, elle va m'entendre si elle souhaite à nouveau me choper tous les jours pour me faire ingurgiter ça.

Finalement, cette histoire de stress est une très bonne chose. Chaque jour depuis cette visite, je recevais de la bonne pâtée et les deux autres également. Chaque fin de journée, le petit rituel démarrait. Elle venait chercher les bols, nous appelait, nous servait dans les escaliers, le chien nous observait, elle nous surveillait et l'affaire était réglée.

Les deux chats m'admirèrent et me félicitèrent d'avoir réussi à les obliger à nous nourrir avec ça. Eux, apparemment, n'en recevaient que très rarement !

Les jours passèrent et je diminuais petit à petit les débordements de litières. Je ne sais pas si c'est ce truc qu'ils ajoutent dans ma nourriture ou si c'est simplement le fait que je m'habitue à cette vie... J'ai besoin de câlins et d'attentions, mais il faut que je sois mise en confiance d'abord. L'humaine l'a compris et n'essaie plus de me caresser à la moindre occasion. Elle attend sagement mon bon vouloir.

Une routine s'est également installée sans que je m'en aperçoive. Chaque matin, je vais me blottir contre elle qui doucement me caresse et me cajole. Les ronrons sortent sans discontinuer pour notre plus grand plaisir à toutes les deux.
Je la vois afficher un sourire immense et l'envie de me serrer fort. Heureusement, elle s'abstient.
Sparrow est jaloux de moi, car c'était son rituel matinal que je lui ai, d'après lui, volé.

Je vous l'assure, ce n'est pas le cas. Je l'ai imité, c'est différent ! Je n'y peux rien, moi, s'il ne reste pas lorsque je viens me mettre près d'eux. Il nous regarde, de l'autre côté du lit, tout en râlant.

L'humaine, quand elle l'aperçoit, change son visage pour une moue triste et désolée. Lui, il lui fait un bisou et s'en va. Il aura des câlins avant le remplissage des bols de croquettes.

Il est complètement soumis ce chat roux… Il se laisse porter, manipuler, cajoler sans qu'il en donne l'autorisation. Il ronronne parfois de plaisir et à d'autres moments, il attend sagement que la situation se passe.

L'humaine est aussi dingue de lui que lui d'elle. Ils sont inséparables et le pire de tout c'est qu'ils se comprennent. Un geste, un mot, un mouvement et ils savent concrètement ce qu'ils attendent l'un de l'autre. Une alchimie comme je n'en avais jamais vue se manifeste sous mes yeux et j'en reste ébahie. Je vais devoir comprendre comment cela pouvait bien se produire.

— Hey, Sparrow… dis…

— Fous-moi la paix, tu as déjà tout volé, laisse mon dernier endroit de couchage et mes siestes tranquilles.

— Non, j'avais juste une question, lui avouais-je, une fois assise devant lui, le regard fixe.

— Mh, vas-y je t'écoute. Si cela t'empêche de t'approcher trop près de moi.

— Pourquoi es-tu aussi attaché à la fille ? Pourquoi tu aimes tant être son centre de l'attention, alors qu'elle te prend dans ses bras et t'oblige à y rester ? Je ne comprends pas.

— J'aime Dine. Elle m'a sauvée des griffes d'un chien et d'une famille d'ahuris qui n'avaient aucune notion du bien-être animal.

— Mais, et ta maman ? Elle ne te manque pas ?

— C'est elle, désormais, qui est ma maman. Elle ne m'a jamais laissé tomber et ne m'a jamais mis en danger plus que nécessaire. J'ai appris à chasser, à me repérer grâce à elle.

— Ta maman ne t'avait rien appris ?

— Ma mère... elle...

Sa voix se brisa et ses yeux cherchèrent une issue. Il n'y en avait malheureusement pas dans le dressing où il avait établi son point de sieste. J'étais face à lui, en dessous de lui pour être exacte. Il était sur l'une des étagères remplies de vêtements tout doux et aux odeurs florales.

Il dut lire la pitié et l'inquiétude dans mon regard, car il capitula et me répondit :

— Elle a tué deux de mes frères. Elle n'a pas eu la force de continuer sa dure besogne mais nous a avertis que nous n'allions pas survivre dans ce monde. Que nous étions trop faibles. Que... nous n'avions pas la force de nous créer une place.

— Mais pourtant, tu es super âgé ! OK, tu pues et tes poils sont moches mais... tu es là ! répondis-je offusquée par cette histoire.

— En effet, petite Tesla, et c'est uniquement grâce à Dine et sa famille. J'ai eu de nombreuses péripéties au cours de mon parcours et je leur dois la vie.

— La vie, carrément ?

— Oui, elle m'a éduqué, soigné, logé, nourri… Ma mère n'en aurait jamais fait autant. Nous crevions de faim au fin fond d'une cave humide en quémandant avec peine de la nourriture aux humains qui vivaient aux étages supérieurs.

— Je… Je ne savais pas ça ! Et donc, cette fille qui te porte sans cesse et te fait plein de câlins est la raison pour laquelle tu es encore en vie ?

— Oui, j'ai eu des maladies, j'ai peu d'immunité. Mon corps se blesse facilement et guérit lentement. Mon poil ne sera jamais aussi doux et soyeux que le tien ou celui de Mojito… mais elle m'aime comme je suis et fera toujours tout ce qui est en son pouvoir pour que je reste en meilleure santé possible. Je lui dois tout. Alors, je l'écoute et lui rends, comme je le peux, l'amour et l'attention qu'elle m'offre au quotidien.

Tu vois, une relation est à double sens. Tu as de la chance, Tesla, d'être tombée chez nous. D'autres bipèdes t'auraient foutue à la porte avec tous tes caprices et le peu de reconnaissance que tu leur offres.

— D'accord… Je vais y réfléchir. Tu m'as foutu le bourdon avec tout ça. Je peux venir dormir près de toi ?

— Place-toi dans le panier à l'étage inférieur, mais ne fais pas de bruit, je dois dormir !

— Merci…

Je me blottis dans le petit panier que Sparrow m'avait indiqué et je m'endormis pour faire d'horribles cauchemars.

J'espère pouvoir contrôler mes pulsions et arriver à me lier d'amitié avec la fille. L'homme me fait encore trop peur…

Seul l'avenir nous dira si nous arriverons à cohabiter et trouver nos marques sans déranger l'autre. Un jour, je l'espère.

Maurice - Histoire numéro 3

Histoire du refuge : L'arche de Noé.

Certains disaient que j'étais libre... Si la liberté s'apparente à une course perpétuelle pour trouver de la nourriture, un coin sûr et de la chaleur... Alors oui, j'étais un des chats les plus libres de la région.

J'enviais ces matous domestiques qui sortaient les crocs dès que je m'approchais trop près de leur territoire. Eux avaient quelque chose à défendre, eux n'avaient pas que la peau sur les os, ils pouvaient rentrer en sécurité face au moindre danger.

J'enviais ces chats gras du bide, au pelage soyeux. Ceux qui, dès les premières gouttes de pluie ou dès les premiers flocons de neige, rentraient dans un foyer où l'amour et la sécurité régnaient.

J'enviais ces chats qui pouvaient dormir sur leurs deux oreilles sans aucune inquiétude. Un sommeil si profond et réparateur…

J'enviais aussi tous ceux qui avaient une identité, une famille, un foyer, une personne qui était là pour les nourrir, les cajoler et les soigner…

La solitude me rongeait autant que la faim et le froid.

Mon état se dégradait de semaine en semaine. J'avais parfois la chance d'avoir un peu de croquettes laissées par les autres chats errants, un coin un peu plus chaleureux avec une couverture ou une ou deux caresses d'une des dames du quartier… Mais cela ne ressemblerait jamais à un véritable foyer.

J'avais réussi, après plusieurs années, à trouver quelques emplacements avec de la nourriture, quelques endroits pour dormir un peu mieux en hiver. J'ai dû en mener des batailles pour en arriver là, parcourir des kilomètres jusqu'à trouver un lieu où l'on m'acceptait approximativement. J'avais réussi à survivre et à comprendre les codes de la rue, les choses à ne pas manger ou boire, les lieux qui pouvaient m'accorder quelques minutes de confort ou, au contraire, représentaient un grave danger.

Régulièrement, une dame qui nourrissait tous les chats errants du quartier, remplissait à nouveau la gamelle lorsqu'elle m'apercevait. Elle était gentille. J'avais toujours l'espoir qu'un jour, lorsqu'elle passerait le pas de sa porte, elle laisserait cette dernière ouverte afin que je puisse la suivre. Cela ne s'est jamais produit.

J'en ai entendu des phrases de pitié :
— *Pauvre loulou, tu dois avoir faim.*
— *Tu n'es pas beau à voir, tu as encore été dans une bagarre ?*

— *Tu es tellement maigre, personne ne doit te nourrir...*

— *Ooooh le pauvre, il doit avoir si froid sous ce manteau de neige.*

Et j'en passe. Mes oreilles essayaient de ne plus jamais écouter ce genre de personne qui, avec des mots, pensait régler la chose... Ce n'est pas en disant cela que mon état allait s'améliorer.

Au fur et à mesure des bagarres et des hivers, la vision que j'offrais, avec des croûtes plein le visage, la peau sur les os et le pelage sale, repoussait les humains... Personne ne voulait m'approcher. J'étais pourtant, malgré les nombreux essais infructueux, toujours aussi câlin et ambitieux avec les humains qui remplissaient les gamelles.

Un jour, je n'avais pas vu que le plus vil des matous de rue n'avait pas encore eu sa pitance. J'étais donc en train de me servir lorsqu'il surgit, toutes griffes dehors pour m'arracher à la maigre ration que j'essayais d'engloutir sans m'étouffer.

J'ai hurlé, je lui ai demandé de me lâcher, j'ai essayé de me débattre pour fuir cette bagarre que je ne souhaitais pas, mais rien n'y a fait. Il était trop fort, trop puissant et bien trop grand. Un coup à l'œil, une morsure au cou, une griffure à la patte arrière... J'étais lamentable.

Ne pouvant plus bouger tant mon corps me faisait souffrir, une des remplisseuses de gamelles me trouva allongé sur sa terrasse. Un cri d'effroi sortit de sa bouche restée grande ouverte. Elle avait cru que j'étais mort. Ma respiration presque inexistante et le sang qui avait coagulé un peu partout sur mon pelage poisseux avaient dû jouer un rôle là-dedans.

Elle a alors appelé de l'aide pour me sauver... me soigner... comme si je comptais pour elle. J'avais enfin, après toutes ces années, une humaine qui allait prendre soin de moi.

Quel doux rêve amer. Jamais de la vie la dame ne m'a repris sous son aile. J'ai été transporté en urgence pour recevoir des soins et ensuite, j'ai été « chatdnappé » dans un lieu clos. Fini l'extérieur, finies les balades interminables pour trouver de la nourriture, finie ma « liberté ». J'avais été placé dans un refuge.

Une aubaine, vous allez me dire... Je ne suis pas si certain que cela. Je pense que j'aurais mieux fait de mourir sous les coups des autres chats, il y a de ça des mois ! À quoi bon survivre si c'est pour mener une vie pareille ? Mon espoir était réduit en miettes.

Que voulez-vous ? J'en ai vu des dizaines de chats partir dans leur nouvelle famille grâce à leur beauté ou leur jeunesse. Ils n'avaient même pas besoin de se lever ou de se frotter aux humains pour attirer leur attention. Ils étaient choisis et emmenés dans leur nouveau chez-eux.

Malheureusement, moi, je n'avais pas tout ça. Je ne pouvais pas rattraper le temps qui s'était écoulé, je ne pouvais pas effacer les cicatrices qui emplissaient mon visage et mon cœur...
Comment vouliez-vous que je ne baisse pas les armes ? Mon corps, mon esprit et mon cœur n'avaient plus aucune force.
La nourriture devenait insipide, les jeux inintéressants et les visites d'humains, un fardeau.

Tout cela me déchirait.

Chaque humain qui s'en allait avec un autre compagnon que moi sous le bras, le sourire aux lèvres et sans un regard pour moi, partit malgré tout avec une chose : mon espoir. Brisé en mille morceaux.

Chaque individu est reparti avec une infime partie de mes forces, sans s'en rendre compte et, petit à petit, il n'y eut plus rien qui me maintenait en vie.

J'étais à bout. Les semaines et les mois défilaient sans qu'aucun ne se retourne et daigne me donner de l'attention et une chance. J'étais pourtant gentil et affectueux. Je disais bonjour à chaque personne qui entrait dans notre pièce. J'essayais d'être le plus doux possible, d'être mignon et attirant… et pourtant…
Seuls mes sauveurs me cajolaient et s'occupaient de moi. J'étais au chaud, nourri et en sécurité.
Et pourtant… mon cœur ne cessait de saigner. Chaque visite infructueuse brisait un peu plus l'espoir que j'avais retrouvé en entrant dans ce lieu. J'ai été soigné et remis en état. Ce refuge avait essayé de me donner une seconde chance. Leurs efforts n'avaient pas porté leurs fruits.
À eux, je leur devais la vie. Pour eux, je me battrai jusqu'au bout !

J'avais presque oublié... J'ai eu une chance. J'ai loupé cette magnifique opportunité d'être cajolé dans une famille aimante. J'ai eu une semaine d'essai qui s'est vite terminée... Je vous explique.

Cela faisait déjà plusieurs semaines que j'avais atterri au refuge et, malgré l'acharnement que je mettais à me montrer, aucun ne me choisissait.

Les humains, qui m'avaient sauvé, parlaient pourtant toujours de mon histoire, me caressaient, je ronronnais... Rien n'y faisait. Tous se détournaient et choisissaient un chat plus jeune, plus joueur et surtout plus beau.

Au début, je ne désespérais pas pour autant. Les humains, qui me soignaient, s'occupaient tellement bien de moi. J'avais pu avoir ma pièce, le temps de m'adapter et ensuite, j'avais rejoint plein d'autres chats. Aucun n'était méchant, pas comme dans les rues. Nous ne devions pas nous battre pour manger, jouer ou dormir au chaud. Il y avait de la place pour chacun de nous. Nous pouvions même poser nos coussinets à l'extérieur et laisser notre truffe profiter de l'air frais et enrichi de bonnes odeurs. Un petit paradis qui redonnait le goût à la vie.

Malheureusement, cela ne va qu'un temps... Une fois que les semaines défilèrent, ce petit paradis se révéla bien éphémère et devint une cage dorée. Nous recevions tout ce dont nous avions besoin. Hélas, il nous manquait une seule chose, une seule : un foyer !

Vous pensez que les chats sont sans cœur, sans attache et indépendants ? Alors vous ne connaissez pas bien les félins domestiques comme il se doit. Nous avons tous des personnalités différentes, comme vous, les humains. Nous avons nos envies, nos besoins et nos sentiments... J'imagine que c'est parfois dur de comprendre cela pour vous. Vous qui avez la parole et tout ce qu'il faut pour communiquer, alors que nous, nous sommes enfermés dans la communication non verbale.

Enfin, bref, j'allais vers chaque personne qui entrait dans notre sanctuaire félin. J'étais l'un des premiers à me frotter à leurs jambes, à ronronner, à me laisser caresser. Je me lavais et je me rendais le plus doux possible. Bon, c'est vrai, j'avais quand même quelques mochetés sur le visage qui ne partaient pas. Ma frimousse n'était pas digne des plus grands mannequins félins de notre époque. Cependant, mes sauveurs me rassuraient et ils parlaient de mon charme unique. À croire que personne n'arrivait à l'apercevoir, aucun ne restait bien longtemps à m'admirer.

Un jour, miracle ! Un couple de vieilles personnes avait écouté et avait été attendri par mon histoire. Avec les quelques étincelles d'espoir nichées dans mon petit cœur, je bondis de mon perchoir pour les accueillir comme il se devait. Les périples de ma vie racontés, la rencontre effectuée, leurs yeux me fixèrent et ils hochèrent la tête. C'était validé, j'allais partir avec eux. J'allais enfin avoir un foyer et une famille !

Cela voulait dire changement et nouveaux lieux, nouvelles rencontres, nouveaux humains… Et si… Et s'ils n'étaient pas si gentils qu'ils le prétendaient ? Ils m'avaient caressé avec leurs mains calleuses et froides… Ils parlaient fort et marchaient lentement. Je n'étais pas rassuré par la vision qu'ils m'offraient et l'avenir que j'envisageais avec eux. Cela étant dit, j'avais une chance et je ne voulais certainement pas la gâcher. J'ai donc été docile et sage. Comme lors de mes soins récurrents durant mon arrivée. Je savais que c'était pour mon bien, je coopérais donc du mieux que je le pouvais. Cependant, les angoisses ne s'oublient pas comme le passage d'un papillon devant sa truffe …

Une fois arrivé chez eux, j'ai été agressé par toutes les odeurs si différentes de ce que je connaissais déjà. La maison était petite. Une humidité rendait tout moite et puant. Les vieux ne devaient certainement pas percevoir cela aussi fort que moi. Eux sentaient le savon à la lavande et une autre odeur que je ne savais pas identifier, quelque chose d'amer et de très désagréable.

Dès le premier jour, ils m'appelaient sans cesse, me cherchaient partout et me délogeaient de toutes mes cachettes. Je n'avais pas une minute à moi. Pas une minute pour découvrir mon nouvel environnement à mon aise. Je ne savais rien faire sans les avoir sur le dos. Je n'avais aucune tranquillité.

— Viens ici, Maurice ! m'appela la vieille dame.

Le cœur battant, le dos rond et les oreilles en arrière, je priais pour qu'ils ne me trouvent pas. Ne sachant pas me baisser correctement, j'avais pris l'habitude de tester tous les recoins sombres et au ras du sol de cette baraque.

— Je pense l'avoir trouvé, il est par ici. Il faut que tu m'aides à pousser le fauteuil, cria le mari.

— J'arrive. Il va falloir bloquer ce nouvel accès.

— Je le ferai une fois qu'il sera sorti. Aide-moi d'abord. Attire-le avec du thon.

— Mais la gamelle est remplie depuis hier, il ne s'en approche pas...

— Trouve autre chose alors, prends le jouet et agite-le dans le salon, pour qu'il sorte de sous ce sofa.

— OK, OK... pas besoin d'être grognon.

Une fois le fauteuil retiré, je décampais à toutes pattes, la queue rentrée, le ventre raclant le sol à chaque foulée, les pattes étendues à leur maximum pour détaler le plus vite possible. Ils ne voulaient pas me laisser une journée ou deux de paix pour que je puisse assimiler l'endroit ?

C'était à chaque fois la même rengaine, ils se réveillaient ou finissaient leurs diverses tâches et ils me cherchaient. J'essayais de temps à autre, pendant leur sieste, de m'accoutumer à tout ça mais ce n'était pas du tout évident.

Ce n'était, après tout, pas la première fois que je connaissais ce genre de gros changement. Cependant, tous m'avaient demandé un temps d'adaptation assez conséquent. Le pire avait été la fois où je m'étais retrouvé à la rue. Je n'avais vraiment pas compris ce qu'il se passait, pourquoi j'étais là, où je devais aller ou encore comment j'allais me nourrir. C'était affreux.

Heureusement, ici, je n'avais pas ce genre de questions à me poser. Je me demandais juste qu'est-ce qui allait constituer ma journée de demain, allais-je pouvoir sortir ? Allaient-ils toujours pouvoir me nourrir une fois leurs jambes trop raides pour s'abaisser jusqu'à mon bol ? M'habituerais-je à leur odeur et à celle de la maison ? Allais-je rester le seul animal de ce domicile ? Allais-je être traité comme il se doit ?

Deux nuits étaient passées et je les entendais déjà râler, parler d'abandon. J'avais le cœur gros… Je n'avais pas la force de m'approcher de ces personnes qui, malgré le fait de m'avoir sorti du refuge, parlaient déjà de m'y renvoyer. Apparemment, je n'étais pas assez bien à leurs yeux…

Je ne sais pas comment les autres chats agissent dans ce genre de situation, s'ils sont directement sur les genoux de ces inconnus à ronronner et jouer sur demande. Je ne sais pas s'ils dorment à leur côté ou encore débarquent dès qu'on les appelle…

J'avais confiance en ceux qui m'avaient soigné, nourri et protégé ces dernières semaines. J'aurais donc dû me réjouir de voir qu'ils avaient foi en ma nouvelle famille… Pourtant, mon passé ressurgissait toujours. Dès que je me précipitais vers ces êtres à deux pattes, je me retrouvais dans des galères : chassé à coups de balai, chassé par le chat de la maison, accueilli par des pluies de pierres, même des chiens essayaient de m'arracher les tripes… Ces angoisses refoulées surgissaient à chaque fois que mes moustaches sortaient d'une cachette.

Malheureusement, ce couple n'a pas eu la patience dont j'avais fait preuve envers la vie et ils m'ont ramené. C'était le coup de trop. Le poignard en plein cœur. La flèche dans le dos, bloquée dans les poumons qui se gorgent d'eau, et ne peut plus en ressortir sans vous laisser mourir à petit feu.

Les jours suivant mon retour au refuge, je n'ai plus eu le courage de rien. Je laissais les jouets à l'abandon, je n'allais plus saluer personne et je ne mangeais presque plus rien. Les autres chats me fuyaient presque, comme si j'étais la mort incarnée.

Les humains du refuge, inquiets, m'ont emmené faire des examens. Il s'avérait que mon corps aussi me lâchait. J'avais des soucis de santé qui poseraient encore plus de tracas et un blocage certain vis-à-vis d'une future adoption. Il fallait, en plus d'être moche et vieux, que je sois malade. C'en était fini de moi.

Comment voulez-vous qu'avec ce passé si sombre et ce présent sans avenir, je puisse encore avoir la force de me battre ?

Malgré tout, j'essayais. Je puisais mes dernières ressources pour mes sauveurs. Je souhaitais leur montrer que je les aimais et que j'étais reconnaissant.

Je savais qu'ils avaient tout fait pour m'aider. Ils se sont battus, ils ont négocié, défendu mon cas face à plusieurs familles potentielles...

Je mangeais pour eux, je survivais pour eux... Mais c'était douloureux.

Après tout, pourquoi vouloir vivre entouré de gens qui ne croient pas en moi ? Vivre entouré de gens qui n'ont pas la patience d'acquérir ma confiance et mon amour ?

Voyant mon déclin, l'une de mes soigneuses m'a pris chez elle. J'ai vu cet acte comme mon dernier. Que pouvais-je attendre de plus ? Je me suis retrouvé dans une maison avec d'autres félins rongés par la vieillesse et la maladie, des chats du même style que moi, mais je les voyais... heureux ! Aurais-je droit aussi au même petit grain de bonheur ?!

Hélas, il devint vite clair que pour moi il était trop tard, mon corps n'en pouvait plus.

Voilà que le dernier grain d'espoir s'envolait, emportant le peu de force qu'il me restait.

Pourtant j'avais envie de lutter, croyez-moi. Je voulais, dans un sens, goûter à cette vie de chat domestique. C'est simplement que mon corps et mon cœur n'avaient pas suivi cette pensée. Mon passé trop sombre me collait à la peau et aux tripes.

Au moins, j'ai vécu mes derniers instants dans la chaleur d'un foyer entouré d'amour.
Auriane, si tu me lis, sache que je te remercie. Merci d'avoir pris ce temps pour moi, merci pour l'amour que tu m'as apporté.

Merci à tous ceux qui ont cru en moi et qui m'ont

aidé. Je cède la place à un autre malheureux qui aura, je l'espère, plus de chance que moi pour son avenir.

Je vois de là-haut que beaucoup d'autres chats dans mon genre vivent la même expérience. Saviez-vous qu'un chat peut vivre jusqu'à 18 ans voire plus en fonction des circonstances et de sa santé ? Mais après tout, qu'ils vivent encore 5 mois ou 15 ans, ils méritent tous d'avoir un peu d'amour et un foyer non ?
Retournez-vous vers ces chats de rue que vous croisez et voyez en piteux état. Aidez ces matous qui n'ont certainement rien demandé à personne. Aidez ceux qui n'ont pas choisi de naître et n'ont pas choisi de tomber sur la mauvaise famille ou de n'en avoir jamais connu une.
Un chat de rue n'est pas un chat libre et heureux, un chat de rue est un chat qui se bat pour vivre au jour le jour !

Alma - Histoire 4

Histoire de l'ASBL : Rosie et Nous

Je suis une jolie chatte d'un beau pelage bleu et blanc, âgée de quelques années et à la rue depuis toujours.

Grossesse après grossesse, j'ai mis au monde, des années durant, des petits êtres trop faibles et chétifs pour survivre... J'étais incapable de leur assurer un futur, n'étant pas moi-même dans une situation des plus agréables à supporter au quotidien.

Mes conditions de vie peu favorables ne me facilitaient vraiment pas la tâche. Sous-alimentée, je m'affaiblissais de plus en plus au fil de temps. Chaque portée me prenait un peu plus d'énergie. J'étais très inquiète, je savais que cela ne pourrait pas durer éternellement. Je devais trouver une solution pour mettre fin à tout cela, pour être à l'abri et trouver un foyer sécurisé.

J'avais remarqué que d'autres chats squattaient un terrain vague non loin de ma cachette, où des humains les nourrissaient. J'avais décidé de tenter ma chance ! Les matous errants étaient nombreux… très nombreux, j'allais devoir gagner ma place.

En avais-je la force ? L'envie ? Le courage ?

Pas tellement, mais, je savais que je devais continuer de me battre pour espérer trouver ce foyer tant espéré. Je devais trouver de quoi me nourrir à tout prix. Je commençais donc à passer de temps à autre près de tous ces chats et chatons abandonnés pour récupérer, moi aussi, de quoi me sustenter un peu.

Les jours et les mois passèrent de manière routinière. Et petit à petit, j'ai remarqué que des choses étranges survenaient sur ce terrain… De drôles de cages en métal trônaient un peu partout aux alentours de nos points de repère habituels…

Certains chats disparaissaient avec les chatons… Quelques-uns revenaient, mais pas tous…

Au fil du temps, la plupart des chats, qui n'avaient pas de maison, furent portés disparus. Nous étions, à la base, si nombreux… voir le terrain se vider ainsi est soudainement devenu angoissant.

Un jour, je n'ai pas résisté, j'ai voulu moi aussi observer de plus près ce qu'étaient ces choses étranges et froides, remplies de nourriture.

Et j'ai découvert où partaient tous les chats que j'avais connus précédemment et dont je n'avais plus de nouvelles : dans un centre de soins pour chats. On était tous là, soignés, nourris et logés, au chaud.

Certains avaient d'étranges entonnoirs autour du cou pour éviter de se blesser, c'était vraiment trop bizarre. D'autres gambadaient un peu partout.

Nous avons tous été opérés, apparemment pour ne plus avoir de petits. Je n'allais pas m'en plaindre ! C'était un soulagement de ne plus devoir endurer cela encore et encore.

La plupart logeaient dans une grande pièce avec tout le confort nécessaire. Certains chats se cachaient ou exploraient ce nouvel environnement, des chatons jouaient mais d'autres étaient inquiets et pleuraient, car ils n'avaient pas de famille.

Un jour, j'ai entendu une sacrée conversation lors de mes soins journaliers.

— Alors ? Tu en as encore trouvé aujourd'hui ? demanda ma soigneuse.

— Non, heureusement ! Déjà trente-huit chats attrapés et soignés sur ce terrain... soupira l'humaine blonde.

— Waouh... ça en fait des vaccins et des opérations ! Ils étaient censés être si nombreux ?

— Non... On m'avait dit cinq ou six... J'ai fait plus de six allers-retours, car nous n'avions pas déposé assez de cages.

— Ah j'imagine bien ! ria celle qui me tenait et me caressait.

— Mais c'est une bonne chose, la mission sur ce terrain est enfin terminée, ça en valait la peine, plus de naissances incontrôlées à cette adresse !

J'appris quelques jours plus tard que nous n'étions pas tous recueillis dans cette grande salle de jeux, comme moi et certains des chatons. Les plus sauvages de nos compagnons d'infortune avaient été relâchés là-bas parce qu'ils ne se plaisaient vraiment pas au refuge. Trop baroudeurs, trop indépendants !

Heureusement, des humains continueront de les nourrir sous l'œil attentif des bénévoles du refuge !

Inévitablement, certains des chatons se retrouvaient sans parents. Âgés de quelques mois déjà, ils pouvaient généralement se débrouiller seuls, ou presque. Mais cela ne les empêchait pas de rechercher des câlins et du réconfort. Certains ne comprenaient pas ce qu'il se passait et ce qui allait leur arriver. Tous n'avaient pas envie de se battre pour survivre et trouver le bonheur.

Ils m'attendrissaient ces petits. Je ne pouvais pas les ignorer. J'ai eu tant de portées et pourtant si peu d'occasions d'être une réelle mère... La fatalité m'explosa au visage comme une bombe. Mon devoir était de les aider. J'ai alors pris ce rôle maternel pour les entourer, les protéger et les aimer.
Plusieurs étaient malades ou affaiblis, ils ne se nourrissaient pas tous correctement, certains

toussaient ou vomissaient et ils ne savaient pas se laver seuls.

J'ai donc pris cela en charge, en plus de l'aide apportée par les humains ! Chaque jour, je m'occupais de leur toilette.

— Viens te laver.
— Non, me répondit le chaton que j'essayais d'approcher.
— Laisse-toi faire.
— Pourquoi ? Tu n'es pas ma maman...
— Je sais mon petit, mais tu n'es pas seul pour autant et je peux t'aider. Je ne souhaite pas remplacer ta maman, je souhaite juste te montrer comment faire ta toilette, tu te sentiras bien mieux ensuite.
— Je vais le faire tout seul.
— Arrête tes bêtises et viens.
Le petit s'est approché de moi en râlant et s'est laissé faire. C'était le dernier chaton qui n'avait pas encore

eu d'attention de ma part. Tous les autres avaient déjà compris.

D'ailleurs, il ne leur fallut que peu de temps pour réaliser vers qui venir pour trouver du réconfort, de l'amour et de l'attention maternelle.

— Tu crois qu'on va devenir quoi, Maman Alma ? demanda le chaton à la petite frimousse grise que je cajolais.
— Je ne sais pas… lui répondis-je tout en lavant ses oreilles.
— Mais, on ne va pas de nouveau être dehors, si ?
— Je ne pense pas…
— Et ceux qui ne sont jamais revenus avec nous après leur opération, ils sont devenus quoi ? me questionna-t-il tout en me fixant de ses petits yeux verts.
— Ils sont peut-être retournés là d'où nous venons. Qui sait ?

— Moi je veux savoir !

— C'est impossible. Alors au lieu de te triturer les méninges avec ces questions auxquelles nous n'aurons jamais de réponses, va jouer avec les autres.

— Mais je suis fatigué, moi...

— C'est en bougeant que la force revient.

— OK...

Il boudait mais partit malgré tout vers ses frères et sœurs de cœur pour jouer avec les petites souris en tissu que les humains avaient disposées dans la pièce pour nous.

Quelques-uns de mes protégés ne guérissaient pas, malgré toute l'attention que je leur portais.

Les humains, qui venaient régulièrement les soigner et leur administrer des médicaments, s'inquiétaient aussi.

Malheureusement, malgré la chaleur, l'amour et tout ce qu'on entreprenait pour les soigner, quatre chatons perdirent la vie.

Chaque disparition me tiraillait l'estomac, et mon cœur se brisait de plus en plus. Néanmoins, les morceaux se recollaient grâce aux survivants qui continuaient de se battre et d'aimer la vie que l'on nous offrait.

Une fois tout ce beau monde remis sur pattes, des inconnus venaient nous rendre visite et nous caresser. Parfois, un de nos compagnons, qui avait eu la chance de taper dans l'œil de ces humains, partait peu de temps après avec sa nouvelle famille. Nous avions tous l'espoir de connaître cette même joie.

Quelques chatons, les plus timides, restaient avec moi lors des visites. Nous étions gentils, mais farouches. C'est vrai que, malgré les bons soins que nous recevions dans notre foyer de substitution, les humains nous faisaient encore un peu peur. Nous n'avions pas suffisamment d'expérience pour être totalement confiants tout de suite.

Yao, Mila et Malia me fendaient particulièrement le cœur. Ils étaient tous les trois doux et amicaux, mais noirs. Ils jouaient, étaient jeunes et peu timides. Ces trois boules de poils noires, d'après certains humains, pouvaient apporter le malheur et la malchance... Je ne comprenais vraiment pas... En les connaissant comme je les ai connus, en les voyant grandir à mes côtés, jouer, croquer la vie et se battre pour vivre, je trouvais ça injuste...

L'idée même de les mettre de côté pour une raison aussi irrationnelle m'était juste incompréhensible. Enfin bref, j'ai fini par comprendre que les chats adultes, les noirs et les timides étaient toujours les derniers à partir dans leur nouveau foyer.

Heureusement, l'espoir que nous gardions et l'aide et les efforts de nos sauveurs finissaient toujours par payer.

Un jour, deux autres humains nous ont rendu visite, ce n'était plus inhabituel. Notre pièce accueillait souvent des visiteurs pour nous rencontrer ou nous cajoler. Cette fois-ci, ils se sont tournés vers moi. Ils ont entendu mon histoire et mon dévouement vis-à-vis des chatons. Le cœur sur la main, ils ont décidé de nous offrir une chance à tous les deux, avec mon petit loulou qui n'a jamais voulu se détacher de moi, ni moi de lui.

Notre tour est arrivé, à moi et l'un de mes chatons préférés. Je suis heureuse que ma nouvelle famille ait vu ce lien invisible qui nous unissait. Ils ont décidé de nous accueillir tous les deux dans leur maison et de nous donner notre chance.

J'aime tellement ma nouvelle vie !

Je vis donc désormais une vie de chat domestique, tout ce qu'il y a de plus banal, avec mon fils adoptif et des humains géniaux ! J'ai à manger tous les jours, de l'attention, un coin au chaud, en sécurité. Nous sommes très bien soignés. On voit le doc chat de temps à autre pour des visites de contrôle. Ça, ce n'est pas le plus agréable, mais je ne vais pas leur en vouloir pour autant. Je les aime et je fais en sorte qu'ils le sachent tous les jours !

Après tout, que demander de plus ?

Prince : Babynou - Histoire 5

Histoire du refuge : Les Chatons de Chabidou

Babynou était un chaton malchanceux, la progéniture d'un frère et d'une sœur. Cette consanguinité ne lui avait pas fait de cadeau et il était né avec une malformation des pattes arrière.

Ses maîtres, voyant son handicap, avaient voulu l'euthanasier.
Ces humains avaient conté l'histoire de ce « Prince » sur les réseaux sociaux.
Heureusement, une bonne fée se pencha sur son cas et le mena vers une personne qui allait prendre soin de lui.
Jean-Michel, responsable de l'association les Chatons de Chabidou, avait vu l'annonce sur Facebook et sans aucune hésitation, il contacta les propriétaires de ce pauvre matou.

Ce petit marchait sur ses genoux, tant ses pattes arrière étaient déformées.
Jean-Michel pensa immédiatement à la possibilité d'une chirurgie afin de le sauver.

Avant toute chose, il fallait emmener ce petit bout chez le vétérinaire, faire les soins adéquats et tenter de sauver sa vie qui avait si mal commencé.

— Tu verras, tu vas être bien là où tu seras. Je vais prendre soin de toi et je vais t'aider ! Tu ne vas pas souffrir, ni mourir aujourd'hui.

Le sourire d'un homme apparut à travers les barreaux de ma cage exiguë. Enfin, on aurait pu en mettre cinq comme moi à l'intérieur, mais cela me semblait si étroit et sombre. J'étouffais là-dedans, mais je ressentais de la sérénité et de la bienveillance qui émanaient de cet homme. Il disait être mon sauveur. Il parlait de soins, de médecin et de chirurgie pour mes pattes. Je dois avouer que marcher sur quatre pattes, comme le font mes parents, est une tâche ardue et douloureuse pour moi. J'étais effrayé, je ne comprenais pas où j'allais et pourquoi on m'arrachait à ma famille.

Mes miaulements, mes feulements de fureur et mes griffes sorties n'effrayèrent aucunement l'homme qui m'accompagna jusqu'à mon nouveau chez-moi. Je ne savais pas où nous étions. Je ne comprenais qu'une seule chose : je n'allais jamais revoir Papa ni Maman. Mon frère et ma sœur étaient loin de moi également et tout cela était sûrement dû à mes stupides pattes qui ne voulaient pas se mettre comme les autres.

Une conversation que j'avais surprise entre mes parents me revint lors de mon voyage dans cette cage sombre. Ils parlaient de me tuer, d'abréger mes souffrances, car mon état ne me permettait pas de survivre et de vivre comme un chat digne de ce nom. Les humains, sans s'être concertés avec mes parents, avaient parlé également d'euthanasie. J'étais encore plus petit que maintenant et je n'avais pas forcément compris tout de suite, mais, désormais, je me demandais si l'homme, qui était venu me chercher, n'était pas là pour accomplir cette sale besogne.

Je pensais que mes parents n'avaient pas eu la force de me tuer… Vu que nous n'étions que trois petits, nous avions largement assez de place pour nous nourrir et téter. Le fait de ne pas avoir dû me battre pour pouvoir m'abreuver, me sauva également la vie, je pense.

Je revis ma sœur et mon frère, toujours très proches. Ils jouaient ensemble, couraient et essayaient même de grimper sur les meubles. Ce duo inséparable ne m'octroyait jamais une seconde de leur vie. Ils ne m'incluaient pas non plus dans leurs jeux. J'étais toujours mis à l'écart, à les observer courir partout. Je n'allais certainement pas leur manquer.

Ces souvenirs, pourtant douloureux, me rappelaient une époque révolue. Qu'allais-je devenir dans ce nouveau foyer, si on m'emmenait bien vers un nouvel endroit ?

Ouf, j'étais, pour l'instant, sauvé des griffes de la mort. Dans la maison où j'ai été accueilli, il y avait d'autres chats, des adultes. Ils étaient gentils, bien portants et propres sur eux.

Très vite, j'ai été emmené chez le médecin des chats. C'était super grand là-bas et les odeurs trop agressives. Des odeurs de chiens, d'autres chats, de peur, d'urine et d'une qui surpassait toutes les autres, mais que je n'arrivais pas à déterminer.

Une gentille femme a posé plein de questions au monsieur qui m'avait repris. Mes conditions de vie, mon âge, le fait d'être castré ou non... J'étais dans ma prison, faite de plastique et d'une grille en métal, sur le sol, alors qu'ils discutaient de moi.

Ensuite, j'ai été bringuebalé de gauche à droite par le monsieur lorsqu'il marcha jusqu'à un endroit avec des fauteuils. Il m'installa sur ses genoux, le grillage face contre lui. Il passait de temps à autre ses doigts au travers de la grille et me murmurait des mots rassurants.

Une éternité passa comme ça...

Enfin, je fus à nouveau tout chamboulé dans cette caisse instable et amené dans une nouvelle pièce, beaucoup plus petite cette fois-ci.
Un inconnu me sortit de là, je ne savais pas si j'avais envie de le remercier ou de lui sauter dessus... mais

au vu de l'odeur agressive qui me piquait la truffe, accompagnée de celle de centaines d'autres animaux, j'étais bien trop tétanisé pour ne serait-ce qu'esquisser un mouvement.

Il m'ausculta. Il prit ma température, écouta mon cœur, palpa mes organes et chipota à mes pattes. Quelle affreuse douleur j'ai ressentie ce jour-là. Ensuite, il m'a placé sur moi un truc en plastique qui faisait le tour de ma truffe et je me suis endormi.

À mon réveil, j'étais seul, dans une cage faite de métal. J'ai pleuré, j'ai appelé à l'aide. Je ne savais pas ce qu'on me voulait et j'avais tellement peur. D'autres animaux pleuraient également autour de moi. Certains discutaient, parlaient de leur durée de séjour ici, de leur douleur, de ce qu'ils portaient… Apparemment, je n'étais pas le moins bien loti. Certains avaient des bandages, des tubes en plastique qui sortaient de leurs pattes, des entonnoirs autour du cou qui encombraient leurs vues et les empêchaient de se laver…

J'en ai imaginé des situations assez cocasses avec des chats tout costauds bloqués par un tube en plastique ou avec un bandage.

Je ne leur parlais pas, mais, au moins, ils m'avaient occupé le temps de mon réveil.

Mon séjour ne dura pas plus d'une journée, car Jean-Michel vint me rechercher dans l'après-midi.

Lui et le médecin des animaux étaient heureux et planifièrent une nouvelle visite. Une opération. Je ne connaissais pas ce terme. J'en connaissais peu d'ailleurs et je m'en rendais compte de plus en plus. Ce monde est une inconnue que je dois apprendre à connaître.

L'homme, que j'appelais désormais « mon Papy », m'aidait à le découvrir justement.

Nous passions les jours suivants à nous connaître. Il me montrait ses repas, ses tâches quotidiennes, m'aidait lorsque j'étais en difficulté et je lui accordais, au fur et à mesure, ma confiance. Petit à petit, il devenait mon étoile, mon repère et mon unique lien avec la vie.

Durant le début de l'été, je suis retourné chez le monsieur aux drôles d'odeurs et on m'a endormi à nouveau.

Je me suis réveillé avec un bandage qui bloquait ma patte accompagnée d'une douleur affreuse. Cette fois-là, je suis resté plusieurs semaines en convalescence. C'était compliqué mais j'essayais de me battre. Cela pourrait peut-être me permettre de devenir un chat normal. Qui sait ?

Deux mois plus tard, j'ai subi la même chose mais pour l'autre patte.

En convalescence chez Papy, je me retrouvais à l'aimer. Il m'aidait, me protégeait, me nourrissait et me soignait. Je prenais de plus en plus conscience qu'il m'avait sauvé la vie et qu'il essayait de m'aider avec mes pattes paralysées.

Cependant, la vie ne voulait pas de moi. Ma patte puait la mort, ça me grattait, me faisait souffrir et j'avais des trucs dégoulinants qui en sortaient. Le cœur palpitant la chamade, l'esprit en ébullition face à cette situation catastrophique… je ne donnais pas cher de ma peau.

Je fus de nouveau arraché du foyer pour qu'on me soigne. À ce moment-là, j'avais des trucs qui sortaient de ma patte, une douleur à m'en faire voir des clochettes et une odeur nauséabonde à en vomir.

Le monsieur qui soigne les chats m'a gardé chez lui. Je me suis retrouvé à nouveau entouré des autres matous malades qui parlaient de leurs malheurs ou de leur vie.

Les jours passèrent et je communiquais avec eux. Je n'avais que ça pour passer mes journées. Certains se plaignaient de mon odeur pestilentiel, d'autres pariaient sur les jours qu'il me restait à vivre… La joie n'était donc pas au rendez-vous.

Heureusement, le monsieur prenait bien soin de moi. J'étais cajolé dès qu'on ouvrait ma cage. Il nettoyait régulièrement la plaie sous mon bandage. J'avais de quoi survivre et même une petite couverture.

Mon Papy venait me voir de temps à autre pour suivre l'évolution de ma patte puante. La mine de plus en plus attristée, je voyais ses espoirs fondre comme neige au soleil face au spectacle que je lui offrais.

Un jour, le docteur est revenu vers moi, je n'avais encore rien eu à manger ni à boire depuis la veille. On m'avait tout retiré. Il m'a pris dans ses bras, m'a caressé, m'a dit des mots rassurants et m'a emmené à nouveau dans la pièce pour m'endormir. Certains me criaient « Adieu » tandis que d'autres criaient qu'ils avaient eu raison et que je n'allais pas tenir le reste de la journée.

Mon réveil fut brutal et douloureux. Je tentais de me relever mais sans succès. Groggy par le sommeil profond que j'essayais de quitter, je n'arrivais pas à reprendre correctement mes esprits. C'est la douleur qui m'avait retiré de ce repos sans songes.

Une fois ma tête sortie du brouillard, je tentai à nouveau de me lever et là je compris. Mon regard se perdit sur mon dos, ma patte gauche et puis ma droite... Il m'en manquait une ! On m'avait volé une patte ! À la place, j'avais un énorme bandage blanc qui me grattait ! J'ai hurlé, j'ai essayé de l'arracher... Je n'ai jamais compris ce qu'il s'était passé.

Jean-Michel est venu me chercher quelques jours plus tard. Je n'avais pas trop le cœur, au début, à lui faire la fête. Pour moi, il portait la responsabilité de la perte de ma patte.

J'étais en convalescence. Je récupérais de mon opération. Je devais me reposer. Je ne devais pas sauter. Je ne devais pas mordre mon bout de patte... Voilà les informations et les ordres que j'avais reçus de la part de mon Papy... Comme si c'était si facile à faire...

Malgré l'enfer que je lui faisais vivre, il était tellement doux et patient avec moi. Je n'ai pas su lui en vouloir longtemps. J'avais connu trop de malheurs pour le repousser.

Je vis dans ses yeux que j'étais au bon endroit. Je le ressentais dans chacun de ses battements de cœur, dans ses caresses, dans ses mots doux et ses gestes si soigneux. C'est ce qui me fit tenir le coup ! Cette énième épreuve n'allait pas m'avoir. J'allais me battre pour surpasser cette situation désagréable.

Une fois remis sur trois pattes et que j'eus compris le fonctionnement de mon nouveau corps, je ne lâchais plus Papy. Je devais le suivre partout, lui montrer ma détermination et mon courage.

À chaque fois, j'avais droit à un sourire, un regard avec des étincelles dans les yeux. Je sentais la fierté qu'il avait et cela me donnait la force de continuer.

Je sentais que mon corps n'avait pas apprécié tous ces changements. Je comprenais que mes pattes n'étaient pas les seules choses fragilisées dès ma naissance. Mais après avoir vécu tout ce que j'avais vécu ... je méritais ce foyer aimant, cette sécurité et je méritais surtout ces moments de bonheur. Alors, peu importe ce que mon corps me faisait subir, je profitais de chaque instant.

Je l'avais ce foyer, cette maison et l'amour que j'attendais depuis chaton.

Ce monsieur m'avait sauvé la vie tout en m'enlevant à ma famille. Coûte que coûte. Peu importe les risques et peu importe si je lui faisais la tête ou pas. Il m'avait aussi enlevé une patte...

Pourtant, je l'aimais ce monsieur !

Je savais au plus profond de moi que c'était la meilleure personne que j'aurais pu rencontrer de toute ma vie de chat.

On prenait souvent des photos de moi. En même temps, avec mon magnifique pelage mi-long d'un gris brillant, je rendais jaloux tous les autres matous !

Personne ne restait indifférent face à moi. Aucun ne prenait en pitié mon handicap quand on voyait de quoi j'étais capable.

Jamais je n'aurais imaginé ma vie sans mon Papy. Jamais je n'aurais pu avoir une meilleure situation qu'avec lui. On s'aimait, on se comprenait ! Tous les ronrons de la terre ne pouvaient lui faire comprendre à quel point je le remerciais de tout ce qu'il avait fait pour moi.

Malgré tout ce bonheur, mon corps avait subi trop de choses. Je ne pouvais tenir plus longtemps. J'étais déjà si content d'avoir survécu plus de trois ans auprès de lui. D'avoir pu profiter de ma vie de chat bancal.

J'étais également heureux que mes derniers instants aient été à ses côtés, dans ses bras, pendant une bonne sieste.

Je repose désormais dans une petite urne sur la cheminée, en dessous de ma magnifique photo, prise par un professionnel alors que j'avais un an.

Merci Papy pour tous ces moments et cette vie de rêve que j'ai pu avoir grâce à toi.
Merci à toi de sauver tous ces chatons qui n'ont rien demandé à personne et de croire en eux !

Oupsie - Histoire 6

Regardez-moi, je suis si belle. Mon pelage noir majestueux, soyeux, brillant et doux comme de la soie, profond et intense comme de l'ébène.
Grande et élancée, je suis haute sur pattes et magnifiquement bien modelée avec mes quatre kilos. Je me prénomme Hope, mais Madame m'a renommée « Oupsie »…

Ce n'est pas tout, elle m'appelle également Arsouille, chipie, bête chat et j'en passe des moins jolis… Parfois, elle m'identifie même à un clown. Vous voyez ces choses colorées et effrayantes, aux cheveux toujours hirsutes et au nez et pattes gigantesques… Je suis navrée mais ma grâce et mon honneur sont piqués au vif lorsque l'on me compare à ce genre de chose farfelue.

Enfin bref, pour récolter du soutien auprès de mes semblables et peut-être auprès de certains humains moins ramollis du cerveau que les miens, je vais vous raconter mes mésaventures, mes méfaits, mes péripéties et surtout mes succès ! J'espère que vous êtes prêt.

- **<u>Histoire de la casserole de bolo -</u>**

Un fumet alléchant me força à ouvrir les yeux. Mon odorat aux aguets, les papilles frétillaient et l'estomac se déclenchait… La machine était en route. Mes pattes ne répondaient plus. Mon cerveau était également très attiré par cet effluve appétissant, je dois bien l'admettre.

Madame (mon humaine), alias Marjorie, chantonnait tout en remuant son fessier devant les plaques de cuisson. Je savais que ce genre de comportement présageait deux possibilités :

Un, un repas délicieux avec potentiellement des restes, deux, une visite d'inconnus qui viendraient souiller mon repaire.

Je priais pour que ce soit la première situation, et ce fut le cas.

La maison en désordre, la table toujours encombrée, Madame déjà en peignoir… Cela augurait une soirée seule ! Enfin une soirée à nous deux, entre filles, youpi !

Elle préparait la sauce rouge bourrée de viande dont elle avait le secret. Une casserole remplie mijotait sur les plaques et une autre bouillait avec de l'eau et des pâtes.
Une fois son repas assemblé dans une assiette, je m'installais en face d'elle, sur une chaise sous la table, comme à nos habitudes. J'aimais l'observer manger.

Son souper s'accompagnait d'un livre ou d'une série à la télé. Cela dépendait du plat... Si ce dernier risquait de tâcher ses précieuses pages sur lesquelles je n'avais aucunement le droit de poser ne serait-ce qu'une patte, c'était la télé qui remplissait l'espace d'un bruit ambiant et d'une lumière monotone...
Les bouquins étaient réservés aux repas secs, non juteux, avec l'incapacité de salir ce livre qu'elle serait en train de lire avidement sans prêter attention aux alentours. Ça ne serait pas le cas ce soir.

Revenons à notre moment précis et oublions la littérature.

Ravie de ce qu'elle avait préparé, elle engloutit son assiette sans en laisser une seule miette. La sauce avait même été récupérée par une tranche de pain ! Les yeux rivés sur l'écran de télévision, elle regardait à peine son assiette et ne voyait pas mes petits yeux qui la suppliaient de partager.

Honte !

Aucune empathie pour moi qui bavait littéralement face à elle. Le fumet était toujours aussi attirant et tiraillait mon pauvre petit estomac presque vide !

Après plusieurs plaintes et gargouillis de mon bedon, elle aperçut enfin ma présence. Voyant mon air de chat agonisant, elle céda et m'offrit une gamelle remplie de pâtée. Ma dose mensuelle, car je n'avais droit qu'à des croquettes quotidiennement.

Malgré ce savoureux repas remplissant mes organes et enclenchant une longue digestion, cette préparation juteuse m'attirait.

Marjorie avait vidé les restes dans une boîte pour les placer au frigo, ce truc de métal gigantesque et froid, tout en laissant la casserole sans couvercle sur le plan de travail.

Elle avait commis une grave erreur qui, pour moi, fut le coup de grâce. Le « chatdieu » m'offrait la possibilité d'y goûter.

Tête la première, j'ai plongé dedans !

On peut dire que je me suis régalée, léchant chaque recoin, les parois, le fond… Mon pelage noir était devenu poisseux et tout collant. De la sauce s'était retrouvée jusque dans mes oreilles !

Je ronronnais de plaisir, je savourais chaque seconde passée dans ce magnifique plat.

Mon humaine ne l'a pas vu de la même manière, surtout quand je fis un bond pour sortir de là et que je partis en courant dans sa chambre.
Elle avait hurlé tout en s'approchant, bras tendus avec l'intention notable de m'attraper.

— Ouuuuuupsiiie !!! Qu'est-ce que tu as encore fait ?! Mais... Sors de ma casserole de bolognaise !

J'étais obligée de détaler et sauver le reste de cette délicieuse bolognaise coincée dans mon pelage.

Une fois dans la chambre, j'avais le choix entre plusieurs cachettes :
- le dressing ;
- en dessous du lit ;
- le fauteuil ;
- en dessous des draps, dans le lit.

J'ai choisi la dernière option au grand dam de Madame.

Elle hurla de plus belle en voyant des traces de pattes rouges dégoulinantes partout sur le sol et sur ses draps beiges. J'aurais pu choisir n'importe quelle cachette, ces traces laissées sur mon passage ne trompaient personne…

Au lieu de me laisser le temps d'aller les nettoyer par moi-même avec ma langue experte, elle prit un torchon pour effacer mes méfaits sur le sol en pestant sur moi.

— « Quel mignon petit chat noir qui n'a aucune chance d'être adopté au vu de sa couleur et des stéréotypes, pauvre petite boule de poils sans défense. Elle est tellement belle et sage… » Pfff, j'aurais dû prendre un lapin tiens, il n'aurait pas fait toutes ces bêtises.
Je n'appréciais que très peu ce genre de réflexions, car cela me ramenait à mon passé peu flatteur. Mais je mis ces débordements de paroles sur le fait de la colère.

Une fois la couette soulevée et mon petit corps tout imbibé découvert, elle s'effondra dans le lit, à côté de moi.

— Que vais-je faire de toi ? Bouffonne... Tu ne savais pas juste lécher les contours ? Tu étais obligée de plonger tête la première et de tomber dedans ?
Son regard plein de haine laissa vite place à de l'amour et de la tendresse. Je savais qu'elle ne me ferait rien. Même si j'avais ruiné son sol, ses draps et sa soirée de tranquillité.

Mais que voulez-vous... Résister à un tel stimulus est impossible ! Je devais me délecter de cette magnifique préparation et n'en laisser aucune miette. Elle avait déjà mis tant d'efforts et de temps à tout préparer. Jeter ne serait-ce que la moindre goutte aurait été un affront à son travail réalisé.

Je ne voulais que l'aider !

- **Histoire de la chasse… -**

J'adore, comme tous les chats, sortir lorsque le soleil brille. Mon pelage sombre capture la chaleur et la diffuse dans tout mon petit corps.

Le vent dans les moustaches, la queue haute, je parcourais mon territoire à la recherche de mon endroit préféré sur terre pour faire la sieste : le parterre de fleurs de Marjorie !

Elle avait essayé plusieurs fois d'y planter toutes sortes de fleurs, des plus exotiques aux plus basiques. Elle n'avait, selon ses dires, pas la main verte… Je n'ai jamais compris pourquoi elle ne le découvrait qu'une fois les mains remplies de terre et les végétaux totalement décomposés à nos pieds…

Ce coin douillet était suffisamment exposé au soleil pour me réchauffer et assez humide pour ne pas s'assécher. Cela permettait à mon corps de garder une température idéale et d'apprécier pleinement ces moments de repos bien mérités.

Certains pissenlits, quelques marguerites et les arbres fleuris attiraient de nombreux insectes. J'avais déjà essayé à plusieurs reprises de les dégager de mon territoire et de mon coin tranquille, mais rien de concluant.

Je m'étais déjà retrouvée avec une patte ayant doublée de volume, une babine tout irritée et quasi sans poils. j'avais même déjà eu un visiteur irrespectueux qui s'était logé dans mon oreille… Cela m'apprit qu'il ne fallait pas être le plus grand pour être le plus fort !

Heureusement, le temps a fait que j'ai su m'y habituer. Ces grésillements d'ailes devenaient, au fur et à mesure, les bruits de l'environnement et ne m'agaçaient plus ! Je n'essayais plus de chasser ces minuscules êtres insipides et au goût parfois répugnant.

Un jour, alors que je dormais paisiblement depuis quelques minutes, un autre bruit m'attira plus particulièrement. Madame avait planté, à une centaine de mètres de mon point de sieste, un arbuste assez haut mais étroit qui recelait une vingtaine de fleurs aux odeurs super agréables. Des insectes que je n'avais alors jamais vus apparurent et vinrent se poser ici et là sur cette végétation colorée.

Ils étaient de taille modeste pour des insectes, avec des ailes beaucoup plus grandes et d'une forme assez jolie. Des couleurs et dessins divers ajoutaient une touche de beauté à ces petites choses volantes.

Je m'étais donc étirée pour que tous mes muscles puissent s'échauffer. Le cerveau désormais pleinement en action, les moustaches en éveil, les oreilles grandement ouvertes et les griffes sorties, je m'approchais de ces nouveaux venus.

Ils filèrent tous entre mes pattes agiles. Certains osaient même se moquer de moi en virevoltant autour de mon museau ou en venant titiller mon ouïe tout en m'étourdissant par leur nombre.

J'en ai même eu un sur le bout du museau, la honte. Gueule grande ouverte, j'avais sauté mais sans rencontrer de succès.

La traque n'était pas facile. Ces choses ultra-agiles ne se laissaient pas attraper.
Plusieurs jours se sont écoulés avec des moments d'observation pour comprendre leurs comportements, des moments de chasse infructueuse et des moments de ravitaillement et de

repos pour garder mes forces pour la prochaine attaque.

Une semaine ou deux après, j'avais enfin réussi à fondre sur ma proie, telle une panthère mordant la cuisse d'un zèbre. J'avais attrapé ce stupide insecte entre mes dents.

Marjorie avait remarqué mes exercices de ninja et mon entraînement intensif. Elle me caressait à chaque fois qu'elle sortait et riait généralement de mes bonds de tigres maîtrisés. Je pris ses rires pour des encouragements. Elle s'amusait certainement du sort que je réservais à ces misérables créatures perfides et volatiles qui venaient souiller son arbuste fleuri.

Seulement, une fois que je lui ai ramené cet être fragile, j'eus droit à un cri strident et des remarques toutes plus absurdes les unes que les autres…

Apparemment, je n'avais pas à chasser ces volatiles qui butinaient dans l'arbuste planté pour eux.

— Va tuer les rats qui pourrissent le quartier au lieu d'assassiner sauvagement de pauvres papillons sans défense !

Je ne comprendrais jamais ces humains quand même...

La seule fois où j'avais essayé de trucider le rat qui logeait dans notre jardin, j'avais été mordue à la babine et poursuivie pendant une bonne dizaine de minutes avant de trouver refuge à l'intérieur. Sauvée par Marjorie qui m'avait ouvert la porte vitrée que je grattais à chaque passage.

Là encore, elle avait rigolé aux éclats. Des larmes avaient même coulé de ses yeux brillants. J'avais cru, à l'époque, qu'elle était peinée de ma souffrance et me soutenait dans cette situation si difficile à vivre…

Lors d'un souper entre amis, je l'ai entendue raconter cette histoire en me traitant de stupide félin pas digne de ma race. J'ai été offensée et je n'ai plus jamais mis une griffe sur des rongeurs ou des insectes. Qu'elle se débrouille seule à les éliminer ! Elle ne pourra plus jamais compter sur moi.

De plus, je me suis même fait une pote, elle s'appelle Minisouris, c'est une musaraigne mal dans sa peau qui aurait voulu être aussi grande et forte qu'une souris. J'ai les mêmes ambitions qu'elle, à une échelle plus en règle avec ma taille : devenir une panthère noire insaisissable.

Histoire d'une chatière démoniaque -

Suite à l'épisode de course-poursuite entre un rongeur totalement hors de contrôle et ma magnifique personne, Marjorie avait installé un nouvel élément qui pouvait m'amener au jardin.

Un petit rectangle transparent se trouvait désormais à mon niveau, dans le mur, à côté de la porte vitrée. Cette entrée/sortie menait vers le petit jardin que j'affectionnais tant. Chaque matin, chaque midi, chaque soir… Marjorie cédait à mes appels de détresse pour me laisser entrer ou sortir. Apparemment, ce temps était révolu.

Elle pestait à chaque fois que mes coussinets trouvaient l'extérieur trop frais, que mon pelage soyeux rencontrait une goutte de pluie ou que mon odorat était incommodé par un fumet désagréable.

Lorsque cela arrivait, je faisais vite demi-tour à son grand mécontentement.

— Tu vas te décider à la fin de ce que tu souhaites faire ?
Ou encore…
— Quand vas-tu sortir et y rester ? Je ne vais pas ouvrir et fermer la porte à ta convenance quand même !

Comme si j'étais médium et que je pouvais deviner le temps, les odeurs et la température extérieure depuis l'intérieur de la maison. Je suis une chatte, pas une magicienne ! Je sais que ma couleur m'associe aux compagnons des sorcières, mais il ne faut pas abuser non plus.

Marjorie avait donc décidé, suite à de nombreux conseils d'autres humains, d'investir dans une chatière. Quel nom horrible vous ne trouvez pas ?

Ce truc démoniaque claque sans cesse au gré des vents trop forts, me force à m'immiscer à l'intérieur pour sortir et frotter ma fourrure soyeuse contre ce bout de plastique dégueulasse.

C'était également la porte ouverte aux visiteurs indésirables... Je ne devais pas laisser une telle chose arriver.

Le premier jour, afin de montrer mon mécontentement, j'ai uriné sur le paillasson tout neuf de Madame. Elle n'avait qu'à pas se désister de son rôle de portière et venir m'ouvrir lorsque je l'appelais.

Malgré mes cris, mes pleurs, mes griffes sur le chambranle en bois de la porte... Marjorie ne cédait pas.

Elle a passé plusieurs jours à ne plus jamais m'ouvrir la porte et à essayer de me faire passer par ce petit trou. Certes, j'avais de magnifiques bonbons en retour, des câlins et d'autres récompenses gratifiantes lorsque je cédais et passais par la chatière… Mais, cela ne changeait rien au fait que je ne voulais aucunement user de ce stratagème pour sortir. Je suis une lady et qui a déjà vu une lady passer par une chatière ? Non ! Personne… Les ladys ont des portiers. C'est tout !

Plusieurs semaines s'étaient écoulées sans que la situation ne s'arrange pour moi. J'avais pu réaliser toutes les bêtises que j'avais osé imaginer et aucune n'avait fait changer d'avis Marjorie. Même si elle avait vécu un enfer intersidéral et des journées complètes de nettoyage. Les tentatives de diversion étaient restées infructueuses et cela me mettait hors de moi. Je ne suis pas démoniaque et je n'avais pas mille idées de méfaits à commettre pour enfin gagner cette bataille durement menée.

Je devais prendre les choses en pattes et montrer à cette chatière à qui elle avait affaire !
Après avoir avalé un repas copieux et riche en protéines, j'ai affronté ce diable.
— Clac ! fit la chatière après ma première attaque qu'elle avait parée rapidement.
— Kkrrr, lui répondis-je tout en me mettant sur mes deux pattes arrière pour avoir plus de puissance et de liberté avec mes pattes avant.
— Clac Clac, me répondit la chatière
— Chhhhhhh, crachais-je à pleins poumons.
— CLAC !

Et ainsi de suite, jusqu'à l'arrivée de Marjorie qui mit un terme à ce combat de boxe acharné entre moi et mon adversaire plutôt tenace.

Quelques égratignures l'avaient rendue un peu plus opaque et mate et je voyais moins bien à travers. Ce qui ne voulait pas dire que cette chose avait disparu et me rendait mon droit d'avoir une portière. Pfff, j'étais dépitée mais j'ai dû finalement me résigner à accepter ce destin funeste et incommodant qu'était la chatière.

Sortir quand je voulais, et surtout rentrer dès que le temps ou la situation devenait dangereuse ou insupportable dehors, ne me déplaisait pas du tout au final ! C'était même agréable de ne plus devoir attendre et mettre les pattes dehors seulement au bon vouloir de Madame !

Je me suis désormais accommodée de cette nouvelle manière de procéder et je suis heureuse de pouvoir être encore plus libre qu'avant.

- *L'arrivée d'un gros chien -*

Marjorie était une bonne maîtresse. Elle me nourrissait, jouait avec moi, faisait régulièrement ma litière, et ce même si je pouvais sortir à volonté…
Elle cédait généralement à mes caprices.

J'étais sa princesse, sa douce, sa compagne de toujours…

Mais aucun humain n'est parfait. L'enfer a débarqué avec ses grandes pattes poilues et sa truffe humide. Ses oreilles gigantesques et sa queue qui gigote mettaient un chaos démesuré dans la maisonnée.

Un clébard, un clebs, un toutou, un affreux chien puant !!

Qui diable avait osé donner l'idée à Marjorie d'adopter cette bestiole dénuée d'intelligence et de grâce ?

J'aurais déjà eu du mal à accepter un autre compagnon félin, mais alors, un canidé stupide... Hors de question !

Il puait, sautait sur tout ce qui bougeait, y compris moi et nous regardait avec son air penaud... L'appartement était envahi de paniers, de jouets gigantesques et de boules de poils. Qu'il les jette dehors s'il avait un peu de bon sens au lieu d'en semer partout sur son passage !

Heureusement, vu sa grandeur, j'avais la chance de pouvoir sortir à ma guise grâce à la chatière et lui non. Je l'avais appris à ses dépens.

Finissant tranquillement une sieste bien méritée, après avoir uriné dans l'un de ses paniers et caché quelques-uns de ses jouets sous le fauteuil, je souhaitais entreprendre une escapade dans la cuisine, voir ce que Madame m'avait concocté comme petit plat.

Le stupide molosse se releva d'une traite lorsqu'il aperçut mes mouvements de ninja. Il devait avoir un radar… J'avais été si silencieuse, je ne sais pas comment il avait pu se rendre compte de mes déplacements. Enfin soit, il se leva donc et commença à courir après moi.

Je feulais sur lui de toutes mes forces afin qu'il cesse immédiatement sa course mais cela l'excita encore plus et il accéléra ses foulées. N'étant pas en pleine possession de mes capacités (vu que mon estomac était vide et ma tête encore dans les brumes du sommeil), j'ai vite filé dehors.

Seuls sa truffe et le début de sa tête pouvaient passer par l'interstice. Je me pavanais donc fièrement derrière la porte vitrée alors qu'il chouinait de l'autre côté. J'étais hilare de découvrir ce cabot, la tête trop large et pourtant si vide, s'exciter sur la chatière, ma sauveuse. Marjorie m'engueulait souvent de jouer la chatte perfide et mesquine avec lui.

En même temps, aucune de mes techniques de ninja ne l'avait impressionné. Je lui avais montré mon mécontentement et lui, il jouait, remuait la queue et laissait sa langue baveuse traîner partout. Il ne comprenait vraiment rien ! Je pris donc mes plus belles poses de karaté, griffes sorties, pour l'effrayer, afin de lui faire comprendre de garder ses distances... Ce débile de toutou n'avait pas plus compris et il m'avait même amené l'un de ses jouets en s'asseyant devant moi et en me regardant avec son air d'abruti. Quelle honte ! Il sous-estimait ma force ! Il devrait trembler devant mes prouesses.

Mais les tentatives d'intimidation ne furent d'aucune utilité. Je devais agir plus subtilement et passer à l'action les nuits où Marjorie serait dehors. Je ferai mordre la poussière à ce chien.

Il avait ruiné ma vie en moins d'une journée. Je ne pouvais plus me prélasser sur le bord de la fenêtre, dans les bras de Marjorie sans qu'il vienne nous ennuyer. Je ne pouvais plus non plus observer Marjorie cuisiner vu qu'il s'incrustait toujours et mettait Madame dans tous ses états. En même temps, il ne comprenait pas que regarder ne voulait pas dire toucher. Sa taille lui permettait d'être à hauteur des plans de travail et il pouvait donc chiper toute la nourriture qu'il souhaitait sans même sauter. Malgré les cris de Marjorie, ce sale cabot tentait toujours de chiper le moindre bout de viande. Je ne mettais donc plus une patte dans la cuisine afin d'éviter les hurlements et bruits incessants qui attaquaient mes oreilles.

Je pouvais encore m'accommoder de certaines choses. Je pouvais également user de mes techniques de félins subtiles pour passer inaperçue et sortir à l'air libre, au calme. Mais, je ne tolérais pas de me faire réveiller de mes siestes par une langue baveuse et gluante ! C'était trop ! Mon pelage soyeux et si bien entretenu gâché par ce malotru…

Malgré mes tentatives diverses et variées pour en venir à bout… Malgré mes plaintes répétées, la nuit auprès de Marjorie… Malgré ma souffrance physique et morale de devoir partager mon chez-moi… Marjorie n'en démordait pas. Ce chien vivrait avec nous, que je le veuille ou non ! Mais je n'avais pas dit mon dernier mot.

Je vais devoir concocter des plans machiavéliques pour en venir à bout…

Julia - Histoire 7

Histoire du refuge : Félin pour l'autre.

Jour de ma naissance

Je ne vois rien.

Il fait tout noir.

Mon petit corps tremble sans que je ne puisse rien y faire.

Heureusement, je trouve vite le réconfort de Maman. Sa peau douce et chaude me réchauffe et me rassure. J'entends d'autres petits cris et miaulements qui accompagnent les miens.
Je ressens une langue rugueuse parcourir mon corps de la tête au bout de la queue. J'imagine que c'est ma maman qui me lave. Elle me rassure et je peux à nouveau m'endormir.

Jour 1 – Quand j'ai été trouvée

Le 19 juin 2020, j'ai été déposée le long de la route. J'entendais des voitures passer, j'étais perdue, je ne savais pas ce que je faisais là. Je voulais me déplacer, mais je n'y arrivais toujours pas. Mes membres tremblaient, fléchissaient sous mon poids, et je tombais la tête en avant... Quand je voulais me remettre debout, ma tête partait parfois trop vers l'arrière, ou sur le côté... Rien n'était stable dans mon petit corps. Je luttais, malgré tout, pour essayer tant bien que mal de me déplacer. Je devais devenir forte, je devais grandir et surtout je devais me sortir d'ici.

Une gentille dame s'est arrêtée, inquiète de me voir, si petite, le long de la route. Ne sachant pas quoi faire, face à mon état inquiétant, elle me déposa dans un endroit spécifique, qui recueille les chats perdus comme moi. Cet endroit c'est le refuge « Félins pour l'autre ». Là, ce sont trois personnes qui m'ont accueillie, toutes aussi inquiètes de mon état anormal...

Tant de réflexions ont été amenées à mon égard... « *Comment a-t-elle pu arriver sur cette route sans savoir marcher ? Elle ne sait même pas manger seule, elle a été nourrie jusque là... On l'a abandonnée, c'est sûr !* »

On dit de moi que je dois avoir à peine un mois. On me soutient le corps et la tête pour que je puisse manger et boire. On me porte et me maintient pour aller dans la litière... Et on me met dans un parc en tissu pour que je ne me blesse pas.

Je pars prochainement voir un docteur pour chat qui essaiera de me remettre sur pattes.

Jour 2 - rencontre avec la vétérinaire

Le lendemain de mon arrivée, les bénévoles m'emmènent voir la vétérinaire du refuge, et je ne vous cache pas qu'il y a une ambiance pesante. Elle prédit le pire. Pour elle, mon état ne va pas s'améliorer et ce ne serait pas une vie de vivre ainsi... Trop de possibilités, trop de complications, trop d'incertitudes.

Mon petit cœur s'effrite à mesure que la conversation des deux humains progresse. Je les regarde difficilement, à tour de rôle, le cœur au bord des babines. L'espoir que j'ai eu en les apercevant éclate en morceaux. Je vais à nouveau me faire abandonner et me retrouver seule, sans la capacité de me défendre et de me nourrir.

Puis j'entends « *Ah... mais j'ai quand même envie d'essayer ! On verra, si ça ne va vraiment pas mieux, on en reparlera...* »

Elle a l'air déterminée !

La vétérinaire a parlé de choc, de typhus, de malformation du cervelet, de troubles de l'oreille interne, de manque de vitamines... Les diagnostics allaient dans tellement de directions différentes... Alors, les bénévoles commencent à me faire plusieurs traitements en même temps.

On me donne des vitamines, une nourriture riche, on me soigne les oreilles... La jeune fille qui veut me sauver a lu énormément d'articles sur l'ataxie (terme qui, apparemment, résume mon état général). Elle tente même un traitement à base d'argent colloïdal.

J'ai également droit à des petites séances de manipulation. Plusieurs fois par jour, les bénévoles viennent bouger mes pattes, ma tête... pour que tout mon corps soit stimulé.

C'est compliqué au début d'endurer tout cela. L'adaptation n'est pas de tout repos. J'ai dû abandonner mon côté sauvage pour rendre les manipulations plus faciles et rapides.

Jour 3 - l'adaptation

Pour l'instant, je ne sais ni manger, ni boire, ni me déplacer toute seule. Mais les bénévoles m'aident beaucoup.

Malgré ça, je me sens esseulée et totalement perdue.

Je ressens au plus profond de moi que je suis entourée de gens bienveillants. Cela n'est pas le problème. C'est juste qu'ils ne remplaceront pas ma maman et sa chaleur.

Malgré cette tristesse, il y a un point positif qui a égayé ma journée d'hier, passée auprès d'eux.

J'ignorais tout de ce fait et n'en connaissais même pas l'utilité : j'ai désormais un nom !

Je me présente donc, je m'appelle Julia.

Jour 4 – auprès des humains

J'ai été enfermée dans une cage assez grande, avec des barreaux d'une hauteur qui fait le double de ma taille !

Je ne peux pas encore tenir debout, mais j'ai de la force malgré tout. Je vous ai dit que j'allais devenir forte pour pouvoir survivre, c'est ce que j'ai fait.

Chaque jour, je planifie ma séance d'entraînement à l'escalade. Je sors mes griffes, je gonfle mon torse d'air et de courage et je fonce à l'aventure. La cage en tissu me procure un mur idéal pour grimper et m'exercer.

Généralement, je retombe assez vite et je ne sais toujours pas me relever.

Il y a malgré tout du progrès. Ma tête touche moins vite le sol, je ne me cogne plus sans cesse… et miracle, mes fesses sont confortables. J'arrive à rester dessus et me tenir droite !

Bon, je l'avoue, je tangue de gauche à droite, tel un bateau martyrisé par la houle d'une mer agitée. Mais je progresse, je vois des améliorations.

Mes progrès prouvent que j'en suis capable et que je vais arriver à surmonter cette épreuve ! Il faut apprendre à ramper avant de savoir courir, pas vrai ?

Je vais devenir une force de la nature, la plus puissante des chatonnes qu'on puisse rencontrer. Je suis la *warrior* de cette maison et la plus vaillante. Les bénévoles m'ont fortement aidée à devenir telle que je suis.

J'adore m'amuser dans mon petit endroit sécurisé. Il y a plein de choses douillettes et, même lorsque je tombe, je ne me blesse pas.

Par contre, dans cette prison, je suis seule. J'ai besoin d'attention et d'amour pour alimenter mes forces. C'est donc un demi-bonheur que je vis. Mais tout ne peut pas être blanc ou noir… Pas vrai ?

Pour avoir du courage, j'appelle souvent les humains qui me soignent pour avoir des caresses, de la nourriture (que j'engloutis très rapidement) et de l'attention.
Je les appelle aussi pour leur montrer mes exploits : quand je me tiens assise, quand je suis haut perchée sur mon grillage, quand je ne suis pas tombée depuis une minute…

J'aime énormément jouer avec eux. Cela me détend, favorise ma dextérité et me permet ensuite de dormir d'un sommeil de plomb.

Jour 5 - progression flagrante

Youpi ! Enfin, je progresse. Même les humains le remarquent.

Ils ont sauté de joie en me voyant debout, la tête droite sans trembler ou être déséquilibrée !

Ne leur dites pas mais... je pense que je n'aurais pas réussi sans eux.

Jour 15 - je suis devenue forte

Je joue comme une véritable panthère !
Je saute et tue ma proie d'un mouvement agile et contrôlé. Souris en peluche, plumeau au bout d'une corde, petite balle à grelot... Plus rien ne me résiste.

Jour 16 - victoire

J'appelle mes humains.

Ils accourent, car mon cri n'est pas habituel.

Je l'ai fait exprès, je devais leur montrer ça.

Une fois qu'ils sont arrivés dans mon champ de vision, je commence à marcher.

Je vous l'accorde, mes pattes ne sont ni parfaitement synchronisées ni gracieuses. Cependant, je reste très fière de moi ! Je marche !

— Elle marche !
— Julia marche ! crient les deux humaines qui sont venues me voir.
— Félicitations ma petite Julia, bravo !

Elles sont contentes elles aussi. J'ai droit à beaucoup de caresses et d'attention.

Voir les étoiles dans leurs yeux, sentir leur cœur palpiter de bonheur et voir leur sourire illuminer leur visage rendent mes journées extraordinaires. Encore plus dans un moment de gaîté pareil où l'on partage la même joie.

Jour 106 - un quotidien devenu réalité

Je suis toujours auprès de mes soigneurs et soigneuses. Je peux désormais me débrouiller seule, pour tout.

Désormais, je voyage dans la maison, je rencontre d'autres chats et je vis ma vie en dehors de la cage.

Certains chats ressentent mes faiblesses et essaient de me surpasser en faisant preuve de toute leur puissance. Je les laisse faire, si cela leur fait plaisir de prouver qu'ils sont plus forts que moi... Ainsi soit-il. Je les attaquerai une fois qu'ils seront de dos et inoffensifs.

J'ai régulièrement des rendez-vous chez un monsieur docteur. Il porte un drôle de vêtement et une odeur toujours indéchiffrable, mais désagréable. Tout comme la vétérinaire qui m'a sauvé la vie en gardant espoir sur mon état général.

Lui aussi se réjouit de mes progrès.

Au fil des semaines et des mois, je me laisse désormais prendre et ausculter afin que cela se passe le plus vite possible et dans le calme. Je n'aime pas quand on commence à me faire gesticuler dans tous les sens, à me rattraper malgré mes tentatives de fuites et ensuite à me maintenir trop fermement.

Autant être docile. C'est plus rapide et moins désagréable au final.

Je continue certains traitements que je reçois depuis l'enfance.

Je deviens adulte petit à petit.

D'ailleurs, j'ai dû me faire opérer pour ne pas avoir de petits. Je ne serai donc jamais mère. Je ne sais pas si cela me réjouit ou m'attriste. Après tout, si mes petits ont les mêmes problèmes de santé que moi, il valait mieux. Ensuite, quand je vois ce que Maman vivait au quotidien et la fatigue qu'elle avait… Je ne sais pas si j'aurais pu le supporter.

Apparemment, tous les chats que je côtoie ont subi la même opération.

J'ai dû porter un étrange cône en plastique autour de la tête durant plusieurs jours ! Quelle honte, comme si ma démarche ridicule n'était pas suffisante…

Jour 260 - transformation

Vous ne me reconnaîtriez même plus !

Je vous jure, je cours, je saute, je bondis telle une panthère en pleine chasse.

Les humains sont ultra-fiers de moi et disent que je suis enfin prête à partir dans ma nouvelle famille.

Je ne comprends pas trop ce qu'ils entendent par là. J'ai déjà une famille, c'est eux !

Cela fait tant de temps que je suis ici. Nous avons traversé ensemble tant d'épreuves.
Je suis telle que je suis grâce à eux et ils veulent que je parte ?

Mon petit cœur se brise en mille morceaux.

Cette nouvelle n'est pas la seule chose désolante à ce moment-là... Apparemment, malgré tout ce que j'ai pu entreprendre, ce n'est pas suffisant.

J'ai des crises parfois. Je tremble à nouveau, mon corps se raidit et je ne contrôle plus rien. Je retourne à ces jours où j'étais chatonne et impuissante. Ces moments me font frissonner de terreur.

Je bave, j'urine et j'ai peur.

Ensuite, ça passe comme c'est venu et je peux reprendre mon train-train quotidien.

C'est bizarre et les humains l'ont remarqué. J'ai donc, encore une fois, été emmenée chez un médecin, avant mon départ pour un check-up.

Ils parlent de grave problème nerveux (d'où mes soucis de gestion du corps). Je suis ataxique, ça on le savait déjà, mais…

J'ai envie de lui répondre que je m'appelle Julia et pas Ataxique, mais bon. Ils ne me comprennent jamais, donc j'abandonne l'idée de le lui dire.

Ces crises infernales que j'ai de temps à autre s'appellent des crises d'épilepsie et je dois prendre à nouveau un traitement…

Pfiou, j'en aurais donc jamais fini avec ces médocs à foison et ces manipulations désagréables ?

Les bénévoles ne peuvent pas me surveiller H24, je ne suis pas leur seul chat. Il y en a plein d'autres. Ils ont donc lancé un appel pour que je sois mise sous surveillance chez d'autres humains.

Mais, je n'ai pas envie d'aller chez d'autres bipèdes ! J'ai envie de rester ici, pour toujours.

Je leur ai crié que j'allais calmer mes crises, que ce n'était rien de grave, que cela ne servait à rien de me mettre sous surveillance rapprochée chez quelqu'un d'autre... Rien n'y fait, ils ne m'entendront jamais.

Un an et quelques mois après mon arrivée chez mes soigneurs... Voilà que l'annonce est lancée... Une photo de moi circule pour qu'on me trouve une famille d'accueil. Je ne sais même pas ce que cela veut dire mais je dois m'y faire. Aucun cri, aucun miaulement n'a pu leur faire changer d'avis.

Tout ceci, c'était il y a plus de deux ans.

Aujourd'hui
Je suis désormais dans une famille adorable, dans une maison qui est adaptée à mon handicap avec un

copain chat doux et gentil. Il n'essaie pas de me dominer ni de m'attaquer, malgré mes faiblesses flagrantes.

J'ai appris, au cours de mon séjour chez mes soigneuses, que certains chats aimaient battre les plus faibles. Comme quoi, j'avais raison en voulant devenir plus forte. Je n'ai juste pas réussi à égaler ceux qui n'ont aucun problème de santé.
Heureusement pour moi, je suis tombée dans une famille géniale !

J'ai tout ce qu'il me faut même si mes soigneurs me manquent. Même si je leur dois la vie, je suis heureuse là où je suis.

Je vous remercie de m'avoir aidée.
Je vous remercie d'avoir cru en moi.
Je vous remercie d'avoir sauvé ma vie.

Les refuges / ASBL

Félins pour l'autre

« Félins pour l'autre est un refuge respectueux des animaux et des propriétaires. Nous mettons un point d'honneur à respecter les besoins de chaque animal.

Nous ne pratiquons pas l'euthanasie, nos chats sont dans un espace libre, sans cage, où ils peuvent courir, jouer, grimper, et dormir dans un environnement calme et serein. Nous sommes toujours à l'écoute et conseillons au mieux chaque visiteur. Nous fonctionnons également avec des familles d'accueil, qui ouvrent leurs portes afin d'offrir un foyer chaleureux aux chats recueillis. Tous nos chats sont stérilisés, vaccinés et identifiés avant de pouvoir être adoptés. Le montant d'une adoption est de 130 €. »

Pour en savoir plus sur ce refuge situé dans la région de Liège :
https://www.refuge-felinspourlautre.com/

Les chatons de Chabidou

« Sensibilisés à la détresse des chats errants ou maltraités, nous avons décidé d'être partie prenante dans l'aide à apporter à ces malheureux laissés-pour-compte.

Tant que les campagnes de stérilisation ne seront pas efficaces et ce malgré le fait qu'un texte de loi oblige les particuliers comme les professionnels de l'élevage à procéder à la castration et à l'ovariectomie des chats donnés ou vendus, il y aura encore et toujours des abandons, des euthanasies ou des mises à mort plus brutales de chatons innocents. »

Pour en savoir plus sur ce refuge situé dans la région de Bruxelles :
http://www.leschatonsdechabidou.be

L'arche de Noé

« La mission de l'Arche de Noé ne se limite pas à l'accueil et au placement des animaux hébergés en son sein. L'Arche de Noé lutte contre la prolifération des animaux. Nous ne pratiquons pas l'euthanasie !

Des adoptions oui, mais pas à n'importe quel prix. Il arrive parfois que nous refusions une adoption. Bien sûr cela peut paraître paradoxal, à une époque où le nombre d'adoptions diminue, de se permettre "le luxe" d'en refuser une. Mais il faut comprendre qu'une adoption ratée est un nouvel échec pour l'animal qui revient et que c'est encore plus difficile pour lui par la suite de retrouver une nouvelle famille, sans oublier que certains d'entre eux passent réellement par des phases dépressives lors de leur retour en cage. »

Pour en savoir plus sur ce refuge situé dans la région de Mons, c'est par ici :

https://www.archedenoeasbl.be/

Rosie et Nous

« L'ASBL Rosie et Nous a pour mission de stériliser les chats errants et de leur apporter les soins nécessaires.

Notre action contribue ainsi à la régulation de la population féline et au bien-être animal.

Nous apportons à de nombreux chats vivant dans des conditions difficiles les soins dont ils ont cruellement besoin.

Une fois soignés et stérilisés, les plus sociables sont proposés à l'adoption tandis que les plus farouches sont remis en liberté.»

Pour en savoir plus sur cette ASBL située dans la région de Namur :
https://www.facebook.com/rosieetnous

Merci

Merci de m'avoir lue ! Si vous n'avez pas encore découvert le premier recueil "Histoires de Chats", n'hésitez pas à le commander dans votre librairie du coin, sur Amazon, la Fnac ou encore Sleipnir Librairie.

Rejoignez-moi sur Insta : booking_crevecoeur pour découvrir mes futurs projets.

N'hésitez pas à partager votre ressenti, vos avis vis-à-vis de cette lecture sur les réseaux sociaux et autres plateformes style "Babelio" ou encore "Booknode". Ces avis nous aident grandement.

Continuons dans cette voie, j'ai espoir de sensibiliser un maximum de personnes à la cause animale et aux quotidiens des refuges.

Miaou à tous et à très vite.